FRIEDERIKE SCHMÖE

Lasst uns froh und grausig sein

HEHLER, KUNST UND HUNDEPFOTEN 23.12.2011. Katinka Palfy, Privatdetektivin aus Bamberg, sitzt in einem heruntergekommenen Boxclub und observiert Walt, ihre Zielperson. Sie hofft, den mutmaßlichen Kunsthehler an diesem Abend in flagranti bei einem Deal zu erwischen.

Doch die Clubchefin verschwindet, Walt bekommt im Hinterhof eine Zeichenmappe überreicht, eine Ex-Triathletin und eine italienische Kommissarin erscheinen im Club, und kurz darauf wird draußen eine Leiche gefunden, auf deren Trenchcoat ein eigenartiger Hundepfotenabdruck zu sehen ist. Als später am Abend Blitzeis den Verkehr lahmlegt, sind die Anwesenden auf ihre eigene Cleverness angewiesen, um herauszufinden, was sich genau zugetragen hat und wer von ihnen der Mörder ist. Kann der ehrgeizige Zeitungsvolontär Dante Wischnewski Licht ins Dunkel bringen?

Friederike Schmöe wurde 1967 in Coburg geboren. Heute lebt sie in Bamberg. Neben ihrer schriftstellerischen Tätigkeit ist die habilitierte Germanistin als Dozentin an den Universitäten in Bamberg und Saarbrücken beschäftigt. Mit »Lasst uns froh und grausig sein« setzt sie ihre erfolgreiche Krimiserie um Privatdetektivin Katinka Palfy fort.

Bisherige Veröffentlichungen im Gmeiner-Verlag:
Wasdunkelbleibt (2011)
Wernievergibt (2011)
Süßer der Punsch nie tötet (2010)
Wieweitdugehst (2010)
Bisduvergisst (2010)
Fliehganzleis (2009)
Schweigfeinstill (2009)
Spinnefeind (2008)
Pfeilgift (2008)
Januskopf (2007)
Schockstarre (2007)
Käfersterben (2006)
Fratzenmond (2006)
Kirchweihmord (2005)
Maskenspiel (2005)

FRIEDERIKE SCHMÖE

Lasst uns froh und grausig sein

Ein bitterböser Weihnachtskrimi

GMEINER *Original*

Personen und Handlung sind frei erfunden.
Ähnlichkeiten mit lebenden oder toten Personen
sind rein zufällig und nicht beabsichtigt.

Besuchen Sie uns im Internet:
www.gmeiner-verlag.de

Im Ehnried 5, 88605 Meßkirch
Telefon 07575/2095-0
info@gmeiner-verlag.de

1. Auflage 2011

Lektorat: Claudia Senghaas, Kirchardt
Herstellung: Julia Franze
Umschlaggestaltung: U.O.R.G. Lutz Eberle, Stuttgart
unter Verwendung der Fotos von © xRaDx / sxc.hu
und © ultramarin / Fotolia.com
Druck: Bercker Graphischer Betrieb GmbH & Co. KG, Kevelaer
Printed in Germany
ISBN 978-3-8392-1186-1

Sehr geehrte Leserinnen und Leser! Dieser Krimi hat parodierenden, ironischen Charakter. Flapsige und zynische Einlagen sind beabsichtigt. Für etwaige psychische oder mentale Beeinträchtigungen bei der Lektüre während oder außerhalb der Weihnachtszeit übernehmen weder die Autorin noch die Protagonistin Haftung.

Alle Personen und Handlungen sind frei erfunden. Ähnlichkeiten mit lebenden Personen oder realen Handlungen sind reiner Zufall und keinesfalls beabsichtigt.

23. DEZEMBER

16 Uhr 30

Katinka Palfys Zielobjekt saß nun schon über eine Stunde vor einem Glas Kellerbier und glotzte auf den Fernsehschirm. Irgendein amerikanischer Sportkanal übertrug ein Eishockeyspiel. Walt Meier schien in das Match vollkommen versunken. Er zeigte keine Anzeichen von Nervosität. Obwohl der Gastraum grauenvoll überheizt war, hatte er seinen Mantel nicht abgelegt. Unter dem dicken schwarzen Stoff lugte ein weißer Pullover hervor. Vor ihm auf dem Tisch lag ein echter englischer Bowler. Katinka begann zu zweifeln, ob Walt der Richtige war.

»Möchten Sie noch was?«

»Wie – schließen Sie?«

»Ach wo!« Die Chefin lachte. An ihrem Pulli steckte eine selbstgebastelte Holzbrosche mit ihrem Namen in Großbuchstaben drauf: NORA. »Ich muss nur eine kurze Besorgung machen. Sie sehen ja: Ich bin allein, habe den Umbau am Hals, die Küche, den Service …« Mit einer geübten Bewegung fasste Nora ihre dicken, langen Locken im Nacken zusammen und steckte sie fest.

»Sie erwarten aber jetzt nicht, dass ich die nächsten

paar Biere zapfe, oder?« Katinka wäre niemals auf die Idee gekommen, die heruntergekommene Kneipe zu betreten, wenn ihr aktueller Auftrag sie nicht hergeführt hätte. Der Club duckte sich in eine schmale Ausbuchtung des Oberen Kaulbergs. Hier wurde ständig umgebaut, renoviert, saniert. Dazu passte, dass nun auch dieser Ex-Boxclub, der lange leergestanden hatte, zu neuem Leben erweckt wurde. Wo einst der Boxring die Bühne für dramatische Kämpfe abgegeben hatte, standen die Tische und Stühle. Die schmale Tribüne an der Stirnseite lag unangetastet im Schatten, die Zugänge waren abgesperrt durch eine simple Kordel. Statt der Zuschauerränge am langen Ende ragte nun eine Theke in den Raum; der hintere Bereich war abgetrennt und zur Küche umfunktioniert worden. Der Gang, der zu den ehemaligen Umkleiden führte, wo sich heute die Toiletten befanden, war mit Postern und Autogrammkarten alter Boxstars gepflastert, deren starke Zeit mindestens 40 Jahre zurücklag. Die Eingangstür war von einem schweren Vorhang verhängt, um die Zugluft unter Kontrolle zu halten.

»Dauert echt nicht lange.« Nora nickte lächelnd. »Die Lasagne schmort im Herd, alles im grünen Bereich. Ich bin ja ganz flott zurück.«

Katinka zuckte die Achseln. Sie hatte sich ein alkoholfreies Bier bestellt und wartete auf bessere Zeiten.

Privatdetektivin zu sein brachte es mit sich, dass man am 23. Dezember gegen Spätnachmittag in einem ungemütlichen Boxclub herumhing, krude Weihnachtsdeko ertrug und sich die Langeweile vertrieb. Immerhin klappte das mit dem neuen iPad ganz gut. Sie hatte längst nicht alle seine Funktionen durchprobiert. Praktischerweise konnte sie nun bequem ihre E-Mails an allen Ecken und Enden beantworten, twittern und zwischendrin ein E-Book lesen. Der Segen der neuen Zeit, dachte sie und vertiefte sich in die Aufzeichnungen, die sie von ihrem Kunden, einem Galeristen aus der Sandstraße, erhalten hatte. Vitus Carl hatte seinen Auftrag, Walt Meier zu observieren, so begründet:

Walt Meier – ein Künstler, Spintisierer, irgendwie genial. Aber ein mieser kleiner Betrüger ist er auch. Ich bin sicher, dass er Skizzen aus dem Nachlass von Trude Nüsslein als seine eigenen ausgibt. Sein und ihr Stil sind vergleichbar, das ungeübte Auge sieht die Unterschiede nicht. Meier hat mir Probe-Skizzen zukommen lassen. Hat angeblich gerade eine super Schaffensphase. Ich sollte mich auf mehr gefasst machen. Durchtriebener Knabe. Beobachten Sie ihn.

Katinka klickte die Mail weg. Walt Meier sah ziemlich durchschnittlich aus. Nicht wie ein Künstler. Eher wie einer, der nicht wusste, was er an Weihnachten machen sollte. Behäbig, korpulent, unsportlich.

16 Uhr 52

»'n Abend.« Ein Mann kam herein, auf dem Kopf eine Mütze mit Ohrenklappen. »Ja – Mensch!« Er stürmte an Katinkas Tisch. »Ich habe Sie ja ewig nicht gesehen!«

»Halten Sie bloß die Klappe!«, zischte Katinka ihn an. Das fehlte ihr noch, dass einer das Wort ›Privatdetektivin‹ in den Mund nahm, so dass Walt Meier es hören konnte.

»Was'n los?« Dante Wischnewski, inzwischen ständiges Redaktionsmitglied beim Fränkischen Tag und Quälgeist vom Dienst, riss sich die Mütze vom Kopf und setzte sich Katinka gegenüber. Sein Kopf wurde immer kahler, bedeckt nur von einer dünnen Schicht blondem Flaum. Seine Augen sprühten vor Neugier.

»Wenn Sie was bestellen wollen, die Chefin ist grad mal weg!« Sie beugte sich vor. »Verdammt, was treiben Sie hier?«

»Ich brauch einen Absacker.«

»Hier? In diesem…«, Katinka neigte den Kopf, »Etablissement?«

»Ich wohne nicht weit. Finde es ganz schön hier. Nora ist auch eine echt nette Frau.«

»Nicht Ihre Altersklasse.«

»Nee. Eine halbe Generation älter. Vielleicht sogar anderthalb. Ich will sie ja nicht heiraten. Nur ab und zu einen Averna mit Eis trinken.« Er beugte sich vertraulich vor. »Sind Sie beruflich hier?«

Katinka nickte knapp. Sie mochte Dante Wischnewski. Er war ein verlässlicher Typ mit dem untrüglichen Talent, in den belanglosesten Situationen das Neue, Andere und Komische aufzuspüren. Wahrscheinlich hatte er deshalb den Sprung vom Volontär zum Redaktionsmitglied geschafft. Auf einen wie ihn konnte man nicht verzichten, selbst wenn er – zugegeben – mitunter höllisch nervte.

»Verstehe.« Er schälte sich aus seinem Anorak und warf Mütze und Handschuhe auf die Tischplatte. »Und Nora?«

»Musste mal kurz weg.«

Dante grinste listig. »O.k. Also, damit keine Langeweile aufkommt, wissen Sie, was neulich auf dem Weihnachtsmarkt los war? Ich wette, es ist an Ihnen vorbeigegangen. Sie lesen unsere Zeitung ja nicht so fleißig.«

Katinka unterdrückte ein Stöhnen. »Schießen Sie schon los!«

Walt Meier hockte immer noch da und starrte so ergeben auf den Bildschirm, auf dem gerade mehrere Eishockeyspieler in einem unförmigen Knäuel gegen die Banderole krachten, dass es ihr schwerfiel zu glauben, er sei hinter anderen Dingen her als hinter Ablenkung 24 Stunden vor Heiligabend.

»Hören Sie zu?« Dante räusperte sich und setzte sich in Positur, um zu erzählen. »Ist wirklich passiert.« Er legte los:

Haltet den Knecht

Nach meiner sportlichen Karriere habe ich alle möglichen Jobs gemacht: Radkurierin, Club-Med-Animateurin, Entenfutterkontrolleurin. Als Nikolaus jedoch bin ich unschlagbar. Der Bart klebt perfekt, die Kapuze sitzt, und der weite rote Mantel kaschiert die weiblichen Rundungen meines Körpers. Ich bin zufrieden mit der Vermittlung durch die Bundesagentur. Im Dezember gibt es einfach die attraktivsten Jobs. Hier in dieser hübschen Pralinenschachtel des Coburger Marktplatzes muss ich nichts anderes tun, als nach Kindern Ausschau zu halten, mir Gedichte aufsagen zu lassen und Süßigkeiten zu verteilen.

Ich stapfe durchs Gedränge. Zugegeben, der geistige Input lässt bei so einer Arbeit zu wünschen übrig. Vor der Buchhandlung spähe ich kurz auf das Titelblatt der Lokalzeitung, um wenigstens über die Nachrichtenlage Bescheid zu wissen: Juwelierladen Otto

Weiß von zwei Maskierten ausgeraubt. Die Täterin ist eine Frau! So what, das Ausrufezeichen sagt alles.

Ist das eine Hektik! Inzwischen wird den Leuten bewusst, dass sie immer noch nicht alle Geschenke beisammen haben, es ist schon der 6. Dezember, auch meine Liste ist noch nicht abgearbeitet. Prinz Albert lächelt von seinem Platz im Zentrum der Weihnachtsbuden entspannt in die Runde. Die Tauben sitzen ihm wie stets auf Kopf und Schultern, aber daran hat er sich schon längst gewohnt.

Allmählich frieren mir die Zehen ein. Meine Stiefel durchnässen im Schneematsch, da täte ein Humpen Glühwein gut. Komisch, warum geistert eigentlich ein Knecht Ruprecht über den Markt? Zwischen all den blinkenden Lichtern, den hin und her eilenden Menschen, den heruntergeleierten Versen und dem Gedudel aus den Lautsprechern komme ich ins Grübeln: Haben die vom Stadtmarketing nicht mir den Job gegeben? Da war nur von einem städtischen Nikolaus die Rede, und überhaupt: Was ist ein Knecht Ruprecht ohne seinen Bischof?

Sei's drum. Ich stelle mich beim Glühwein an. Als Nikolaus kommt man kaum zu einer Pause. Schon steht wieder ein Knirps da und knödelt ›Von drauß vom Walde‹. Hübsch macht er das, sackt seine Schokolade ein und stolziert davon wie ein Pfau. Abgekämpft bugsiere ich meinen Heidelbeerglühwein auf den nächstbesten Bistrotisch. Schnell umgeschaut, den Bart zur Seite gezupft und ein paar Schlucke getrunken. Verlockender Bratwurstgeruch weht herbei, aber die große Mahlzeit muss warten. Heute Abend nach Geschäftsschluss hätte ich Zeit auszugehen oder was Feines zu kochen. Schade nur, dass es nicht wirklich den Appetit anregt, wenn das Nachtprogramm anschließend nur aus mir selbst besteht.

Neben mir hievt eine Frau eine gigantische braune Papiertüte auf den Bistrotisch. Sie sieht müde aus, wie die meisten, die noch nach Präsenten suchen, die auch die Schwiegermutter milde stimmen. Sie stellt ihre Handtasche neben die Papiertüte und wühlt darin herum. Dabei kippt die Tüte um und knallt mit Karacho aufs Pflaster. Sie flucht. Ich beuge mich vor. Niklaus ist ein guter Mann.

»Warten Sie, ich helfe Ihnen!« Schon will ich anheben. Die Tüte ist ganz schön schwer.

»Nicht nötig!« Sie reißt mir die braunen Packpapierhenkel aus der Hand.

Ich habe dennoch einen Blick auf den Inhalt geworfen. In diesem Augenblick wächst ein Mädchen mit rosaroten Ohrschützern und ebensolchem Schneeanzug aus dem Boden und trällert ›Am Weihnachtsbaume‹. Da stiehlt sich eine Hand herbei, greift die Tüte.

»He, meine Schokolade!«, lamentiert das süße

Bonbonkind, aber ich bin schon unterwegs. Verfolge meinen Knecht quer durch die Spitalgasse. Trainiert bin ich immer noch, sprinte zwischen Einkaufstüten, Nordmanntannen und Heizpilzen hindurch und packe Knecht Ruprecht am Arm. Er ist stark und verzweifelt, aber ich habe die Technik drauf und nehme den Kerl in den Schwitzkasten.

»Rufen Sie die Polizei!«, keuche ich den verblüfft dreinschauenden Passanten zu, die schon auf Sicherheitsabstand gegangen sind. »Der Kamerad hat gerade etwas sehr Wertvolles mitgehen lassen.«

Wie sehr ich damit recht habe, erfahre ich eine Stunde später von Hauptkommissar Gassner, einem smarten Typen in Skianorak und Camelboots, der ganz schwach nach Zigarre riecht. Er hat die Schmuckkassette aus der Tüte geholt und zeigt auf die geprägten Initialen: O.W.

»Juwelier Otto Weiß?«, frage ich. Mir schwant was.

»Clever gemacht«, sagt Gassner. »Wie's aussieht, haben Sie denen die Übergabe vermasselt. Die Frau haben wir auch. Dieser Herr hier steht schon eine Weile wegen Hehlerei im Verdacht, wir konnten ihm aber nie was nachweisen.« Er mustert mich mit sagenhaften jeansblauen Augen. »Sagen Sie, wie …«

Ich strecke die Hand aus.

»Caren Seidel, vorletztes Jahr deutsche Meisterin im Triathlon.«

Er lacht und schlägt ein. Mein Magen knurrt.

»Wie wäre es mit ein paar Bratwürsten, Frau Nikolaus?«

Ich überlege blitzschnell.

»Gern. Um kurz nach acht, Treffpunkt direkt unter dem Spitaltor?«

Er nickt und winkt mit einer ringlosen Hand. »Bis dann.«

Als er davongeht, bleibt ein Hauch von Zigarrenduft in der Luft schweben.

*

17 Uhr 10

»Drollig«, kommentierte Katinka. Ihr knurrte der Magen. Die Lasagne musste längst fertig sein. Sie hatte ihre Bestellung vor einer knappen Stunde aufgegeben. Doch von Nora, der Chefin, war immer noch nichts zu sehen. Statt dessen wehte der eisige Wind einen neuen Gast herein. Einen Typen im schwarzen Anzug, dessen fusseliger Dufflecoat über dem Schmerbauch nicht mehr zu ging. Er trug einen Instrumentenkoffer in der Hand und setzte sich so, dass er das Eishockeyspiel sehen konnte.

Dante lachte. »Wie finden Sie die Deko?«

Ein künstlicher Weihnachtsbaum mit Lichterkette warf funzeliges Licht in den Gastraum. Die gedimmte Thekenbeleuchtung trug auch nicht viel zur Helligkeit in der Kneipe bei, aber immerhin sorgte sie für ein gewisses warmes Gefühl. Auf allen Tischen standen jeweils ein Teelicht sowie eine Vase mit einer weißen Rose und einem Fichtenzweig.

»Extrem fantasievoll. Na endlich, da kommt die Chefin wieder.«

Doch sie hatte sich zu früh gefreut. Die Frau, die den schweren Vorhang, der als Windfang dienen sollte, beiseiteschob und den Gastraum betrat, war nicht Nora. Sie trug ein Nikolauskostüm, hielt einen silbernen Bart in der Hand und sah sich müde um. Sie sank auf einen Stuhl an dem Tisch, der der Theke am nächsten stand. Walt Meier glotzte immer noch auf den Bildschirm. Der Mann im Anzug öffnete seinen Koffer und nahm resigniert ein Saxofon heraus. Bedächtig begann er, die Klappen durchzutesten. Ein eigenartiger Geruch drang in die Gaststube.

»Oh, ich glaube, da brennt was an«, sagte die Frau, sprang auf und verschwand in der Küche.

»Die kennt sich hier ja aus«, bemerkte Katinka.

»Das ist Caren Seidel. Die Ex-Triathletin.«

»Spinne ich jetzt?«

Dante grinste. »Ich arbeite bei der Zeitung. Behalten Sie diesen Sachverhalt im Auge.«

»Sie können mich mal.«

Caren Seidel kam aus der Küche zurück. Sie hängte die rote Nikolausverkleidung über eine Stuhllehne. »Wer hatte die Lasagne bestellt?«

Walt Meier schüttelte müde den Kopf. Caren kam zu Katinka und Dante an den Tisch. »Sie?«

»Was, wenn ich jetzt Ja sage?«, fragte Katinka.

»Dann kriegen Sie von mir die Info, dass die Lasagne den Weg alles Irdischen gegangen ist. Verkohlt. Möchten Sie statt dessen gefüllte Paprika?«

»Arbeiten Sie hier?«

»Ich helfe manchmal aus.« Caren verschwand hinter der Theke und kam mit einem Teller Lebkuchensterne und einer Flasche Cynar zurück. »Nora ist heute mit allem spät dran. Weihnachtsstress.« Sie goss drei Schnapsgläser voll. Katinka schob ihres unberührt weg, aber Dante und Caren prosteten sich zu. Allmählich dämmerte Katinka, dieselbe irrwitzige Geschichte von einem Juwelendieb auf dem Weihnachtsmarkt doch in der Zeitung gelesen zu haben. Dante hatte die Story im Fränkischen Tag offenbar groß ausgeschlachtet.

»Ich brauche dringend was zum Aufwärmen«, verkündete Caren und schüttete sich Katinkas Schnaps auch gleich hinter die Binde. »Scheiß-Job, auf dem Weihnachtsmarkt rumstehen und sich Gedichte anzuhören. Am ersten Advent sieht man das noch pädagogisch, aber mittlerweile kann ich die Blagen mit ihren vor Stolz fast platzenden Eltern nicht mehr ertragen. Komisch. Wo Nora bleibt?« Sie streifte den Nikolausmantel ab. Darunter trug sie einen Fleecepulli und Thermohosen.

»Sie wollte kurz was besorgen«, warf Katinka ein. »Ich dachte, Sie hätten auf dem Coburger Weihnachtsmarkt Dienst.«

»Ich wurde gegen den Bamberger Nikolaus ausgetauscht. Nach der Kiste mit dem Juwelenraub hat mir keiner mehr den Weihnachtsmann abgekauft.« Caren musterte Katinka aufmerksam. Nein, du erkennst mich nicht, bat Katinka im Stillen. Du hast mich nie gesehen, weißt nicht, wer ich bin, und du posaunst jetzt bitte nicht in der Gegend herum, dass ich als Privatdetektivin arbeite, dann kann ich meinen letzten Auftrag in diesem Jahr knicken.

Caren Seidel zog eine Schachtel Zigaretten aus der Tasche. »Ich geh dann mal.« Sie verzog sich in Richtung Küche.

»Sie raucht im Hinterhof«, erläuterte Dante und goss sich einen zweiten Schnaps ein. »Das Zeug macht einem den Glimmer, aber der Magen schätzt die Illusion von Wärme. Das ist mein letzter Winter hier.«

»Ach?«

»Habe mich gerade für ein Masterstudium an der

University of California beworben. Wissenschaftsjournalismus, meine Leidenschaft. Ab September bin ich auf und davon! It never rains in southern California.«

»Viel Erfolg.«

Das Eishockeyspiel war zu Ende. Walt Meier streckte und reckte sich. Ein Wettermann erschien auf dem Bildschirm und blickte mit Leichenbittermiene in die Kamera. »Züge stehen still, Autobahnen sind blockiert. Starker Schneefall und ein unerwarteter Temperatursturz haben zu Chaos im Straßenverkehr geführt ...«

Der Mann im Anzug unterbrach die Beschäftigung mit seinem Sax und sah sorgenvoll auf den Bildschirm.

»Deswegen habe ich es nicht so mit den Kollegen von der Meteo«, bemerkte Dante. »Warum unerwartet? Die recherchieren einfach nicht präzise genug. Bloody Wetterfrösche!«

Walt Meier stand auf und gähnte. Er schob die Hände in die Taschen und ging den Gang entlang zu den Toiletten.

»Tschüss!« Katinka nickte Dante zu und folgte Walt.

»He, nehmen Sie die richtige Tür!«, krähte Dante ihr fröhlich nach. Sie hätte ihm am liebsten den Hals umgedreht.

17 Uhr 15

Walt Meier trabte an den Toiletten vorbei und öffnete eine Tür am Ende des Ganges, auf der ›privat‹ stand. Die Dunkelheit dahinter verschluckte ihn einfach. Lautlos schlich Katinka ihm nach. Sie stand in einem neuen Korridor, der nur schwach durch ein grünes Schild beleuchtet wurde, das auf den Ausgang hinwies. ›Exit‹ stand darauf, und ein Witzbold hatte das Wort mit einem Edding zu ›Exitus‹ erweitert.

Mucksmäuschenstill stand Katinka da. Sie hörte den Atem des anderen. Walt Meier schien unentschlossen. Dann gähnte er so laut, dass Katinka zusammenzuckte.

Ein matter Lichtschein und eisige Luft drangen herein. Walt hatte die Tür unter dem Exitus-Schild aufgestoßen. Katinka sah seinen Schatten hinaus auf den Hinterhof treten. Schneeflocken umwehten ihn, als er eine Taschenlampe anschaltete und in die Nacht leuchtete. Katinka zog den Schal enger um sich. Verdammte Kälte. Wenn sie an Dante Wischnewskis Bewerbung bei der University of California dachte, könnte sie gelb werden vor Neid. Die Kanaren würden es für ihren Geschmack allerdings auch tun.

Sie blieb direkt unter der Tür stehen. Walt hinterließ breite Abdrücke im frisch gefallenen Schnee. Sie wurden im Nu zugeweht. Das versprach eine wahrlich weiße Weihnacht, wie hoffnungslose Romantiker sie sich wünschten, nur um dann über verschneite Autobahnen und gestrichene Flüge zu lamentieren.

Walt Meier rief etwas in die Dunkelheit, aber Katinka konnte ihn nicht verstehen. Die Windböen verschluckten alle Geräusche. Sie tastete sich an der Hausmauer entlang. Das weit nach außen gezogene Dach sorgte dafür, dass ein paar Handbreit Boden schneefrei blieben. Sie stellte Augen und Ohren auf Empfang. Walt funzelte mit seiner Lampe am anderen Ende des Innenhofes herum. Die Scheune dort drüben warf ihren schwarzen Schatten in den Hof. Katinka zog die Ballonmütze mit dem breiten Schirm tief ins Gesicht. Von fern erklang Hundegebell, das sich für Sekunden gegen den Sturm durchsetzte. Dann war alles still. Und dunkel. Walt hatte die Lampe ausgeschaltet. Nur von der Straße drang das gelbe Licht der Straßenlaterne herüber. Sie baumelte an einer Leitung über der Laurenzistraße und zauberte bizarre Schatten in den Hof.

*

Währenddessen diskutierte Nora immer noch mit ihrem Nachbarn. Für so dumm hätte sie ihn nicht gehalten. »Sparen an der falschen Stelle!«, schimpfte sie. »Hättest du die Heizung nicht ein bisschen weiter aufdrehen können? Oder hat die Kohle nicht gereicht?«

Harun Findeisen rupfte an seinem zipfligen Bart, wie er es stets tat, wenn er nicht wusste, was er erwidern sollte. »Du hast, was du willst, und wenn die Preise steigen, ist das nicht mein Problem. Ich beobachte einfach den Markt.«

Nora, erschöpft vom Umbau ihres Restaurants, von den Streitigkeiten mit den Nachbarn und all den vielen Dingen, die sie drumherum zu organisieren hatte, ließ sich in einen von Haruns Sitzsäcken fallen. Begierig sah sie auf die Wasserpfeife. Ihr Nachbar lächelte.

»Ich überlege, ob ich die Tribüne nicht vielleicht zur Wasserpfeifen-Lounge umbaue.« Sie warf ihren Mantel neben sich auf den Boden.

Haruns Grinsen wuchs in die Breite, während er die Shisha präparierte. Dabei zeigte er einen schwarzen Eckzahn, der aus seinem Gebiss vorzuspringen schien wie eine Loggia. »Gute Idee. Schmeiß die alten Sitze raus und lege Teppiche hin. Das macht's gemütlich. Wird bestimmt gut angenommen.«

»Ich sollte mich allmählich mal entscheiden, welchen Charakter der Club bekommen soll«, seufzte Nora. »Ständig neue Ideen. Das bringt mich ganz durcheinander.«

»Die Leute lieben deinen Stil«, widersprache

Harun. Er wies auf die knallbunte, flattrige Tunika, die sie über ihren Jeans trug. »Brauchst du auch noch Stoff für die Extraportion Lebkuchensterne?«

Sie nahm ihm das Mundstück ab. »Warum nicht?«

Harun lächelte noch breiter. Sie mochte den schwarzen Zahn irgendwie. Er gab Harun genau die Eigenschaft mit, die sie bei ihm spürte: Er war unnormal, er war eine Ratte, und er hatte das Talent, ihr das Gefühl zu vermitteln, dass alles machbar war. Kein Zweifel, Harun wurde von einer kosmischen Aura umgeben.

17 Uhr 20

Arndt Engstler hatte den Sammelband mit dem Titel ›Der Lebkuchenmörder‹ neben sich auf das Sofa gelegt. Seine Frau las derartige Unterhaltungsliteratur. Er persönlich hatte für derlei Lektüre nur Verachtung übrig. Sowohl für das Genre als auch für die Leute, die so was lasen. Genau. Er verachtete seine Frau. Irgendwie wurde sie mit den Jahren immer weniger formbar. Ein kurzer Blick in das Buch hatte seine Einstellung zum literarischen Geschmack der breiten Masse wieder einmal bestätigt.

Er rieb sich die Augen. Heidelore rotierte in der Küche und hörte dazu das Surrogatgedudel von Bayern 1. Das Backen für die Verwandtenbesuche zu den Feiertagen war in vollem Gange. Er sollte einen letzten Kontrollgang für heute machen. Obwohl er seit Wochen auf der Pirsch war, hatte er immer noch keine näheren Anhaltspunkte. Das Wetter schien ihm genau richtig für eine kurze Erkundungstour.

Er ging in die Diele, stellte seine ledernen Pantoffeln wie mit dem Lineal vermessen neben Heidelores Turnschuhe, schlüpfte in die Stiefel und rief in die Küche: »Heidelore, ich gehe nochmal um den Block.«

Er wickelte den weinroten Burlington-Schal um seinen Hals, setzte die dazu passende Kappe auf und glitt mit genau der richtigen Drehbewegung in den schweren, mit Schafwolle gefütterten Ledermantel. Ob seine Frau ihn gehört hatte, wusste er nicht, und er hatte nicht die Absicht sich zu vergewissern. Er wäre ohnehin maximal nur eine halbe Stunde weg. Mit einem Ruck schob er den Ärmel zurück, um auf seine Armbanduhr zu sehen. Zwanzig nach fünf. Um sechs wollte er ein paar Telefonate erledigen. Nichts Besonderes. Er nahm einen Lebkuchenstern aus der mit Engeln verzierten Weihnachtsdose in der Diele und steckte ihn in die rechte Manteltasche. Nur für den Fall, dass der Unterzucker ihn wieder überraschte. Er geriet schnell in die Situation, unverzüglich etwas Süßes zu brauchen.

Die Tüte mit *seinen* Lebkuchensternen lag im obersten Fach der Garderobe. Heidelore kam dort nicht ran, kurz, wie sie war. Wurden im Haus Leitern benötigt, rief sie nach Arndt. Sie war nicht schwindelfrei. Auf diese Weise hatte Arndt die Rückversicherung, dass sie diese spezielle Ration Lebkuchen nie entdecken würde. Ohnehin würde er sein Projekt bald abschließen können. Er hatte den Boxclub auf dem Kieker und er wusste, dass dort etwas Illegales lief. Alles Weitere war nur eine Sache der Geduld und des Durchhaltevermögens.

Arndt Engstler trat vor die Tür und atmete ein paarmal tief durch. Die eisige Luft erfrischte ihn. Obwohl er schnell zu frösteln begann, hielt er sich mit dem Gedanken bei Laune, dass naturnahes Leben genau den richtigen, eben naturgegebenen Umgang mit den Jahreszeiten erforderte. Es brachte wenig, dem Winter zu entfliehen. Entweder man lebte stets in südlichen Gefilden oder man hielt einfach durch. Durchhaltevermögen und Selbstdisziplin waren seiner Erfahrung nach aber nicht die Stärken seiner Mitmenschen. Seine dagegen schon. Das verschaffte ihm manchen Vorteil.

Arndt Engstler schritt den Oberen Kaulberg hinunter. Er hielt sich hundertprozent gerade. Mit 69 legte er Wert auf Sportlichkeit und die richtige Einstellung der Leistungsfähigkeit des menschlichen Körpers gegenüber. Er mochte das Viertel. Sonntags ging er regelmäßig in der Karmelitenkirche zur

Messe. Er kaufte seine Zeitung in dem kleinen Laden, dessen Besitzer er seit Jahr und Tag kannte, und trank auch mal ein abendliches Bier im Greifenklau. Aber der Umbau des alten Boxclubs war ihm seit Monaten ein Dorn im Auge. Allerdings gab es in der Nachbarschaft noch einige andere Störenfriede. Nora Molitor schien ihm da vergleichsweise harmlos. Doch man wusste bei Leuten wie ihr nie. Sie gab sich so überzeugt unkonventionell. In seiner Zeit als Richter hatte er gelernt: Wer die Konventionen auf den Kopf stellte, war potenziell gefährlich; der Betreffende würde irgendwann das Steuer zu weit herumreißen. Arndt Engstler wusste, wie man Leute wie Nora und das gesamte Umfeld des Boxclubs einzuschätzen hatte. Allein schon dieser Harun Findeisen mit seinem Pseudomusikalienhandel und dem Wasserpfeifenversand!

»Gesockse«, murmelte er in die eiskalte Dunkelheit. Sein Atem war so warm, dass seine Brillengläser beschlugen. So. Jetzt war es heraus. Er sagte es nicht gern laut, denn die Welt brauste schnell auf. Er mochte es nicht, wenn man ihn missverstand.

Aber recht hatte er doch.

17 Uhr 30

Katinka drückte sich an der Hauswand entlang bis zur nächsten Ecke. Ihr war bisher nicht klar gewesen, wie weitläufig die Bamberger Hinterhöfe sein konnten: Außer der riesigen Scheune, die dem Haus genau gegenüber stand und es deutlich überragte, gab es noch ein langgestrecktes, barackenartiges Bauwerk auf der linken Seite, das vollkommen entkernt schien: Wahrscheinlich wieder irgendein denkmalgeschütztes Gerümpel, dachte Katinka. Und niemand konnte es sich leisten, es zu renovieren. Die leeren Fensteraugen glotzten in den Hof hinaus. Von irgendwo bellte wütend ein Hund.

Katinka presste sich an die Seite eines leeren Kaninchenstalles, der windschief neben der Regenrinne lehnte. Er bestand aus lauter einzelnen Käfigen, die wie Bauklötze nicht ganz bündig übereinandergesetzt und irgendwie befestigt worden waren. So konnte sie Walt beobachten, ohne dass er sie entdecken würde, selbst wenn er sich aufmerksam umsah. Von hier aus überblickte sie fast den ganzen Hof; nur die Tür zum Club, durch die sie Walt gefolgt war, und ein Teil der Baracken lagen im toten Winkel. Walt war an der Scheune entlang bis zum Durchgang zur Laurenzistraße gelaufen. Das Grundstück war von einer mannshohen Mauer umgeben. Nah bei der Scheune gab es ein schmales Tor, das vom Areal des Clubs weg wieder hinaus in die Stadt führte.

Katinka überlegte, ob sie Walt folgen sollte, um ihn nicht zu verlieren, als er zurückkam und genau auf den Kaninchenstall zustapfte. Der Schnee hatte seine Spuren von vorhin schon zugedeckt, so wie er alles zudeckte. Ein Leichentuch für die Wirklichkeit. Das musste sie nachher Dante unterjubeln.

Bei ihrem kurzen Erkundungsgang vor zwei Stunden hatte sie noch deutlich die Stapel mit Sperrmüll gesehen, die hinten am Durchgang an der Hofmauer lehnten. Jetzt wirkte alles ganz beschaulich. Die Nacht schien von einem silbrigen Schein erhellt, der die Konturen von Menschen und Häusern hervorhob und alles, was der Schnee noch nicht unter sich begraben hatte, umso deutlicher zum Vorschein kommen ließ. Von weit weg hörte sie Kirchenglocken.

Walt kam näher. Direkt auf Katinka zu. Mist, dachte sie. Sie faltete sich förmlich zusammen, lauerte in ihrer Ecke. Da trat jemand von der Straße durch den Durchgang in den Hof. Ein Typ in einem langen Mantel. Walt fuhr herum. Das Hundegebell wurde lauter und wütender. Ein zweiter Köter stimmte ein.

Katinka richtete sich ein Stück auf.

In die Sache kam Bewegung.

Der Typ schritt über den Hof. Er machte sich nicht die Mühe, die Füße zu heben, sondern schob den Schnee mit den Stiefeln vor sich her. Anscheinend hatte er Walt nicht gesehen.

Walt machte sich auf den Weg. Zaghaft hob er

die Hand, ließ sie aber gleich wieder sinken, als der andere nicht zu ihm herübersah. Der Mann im Mantel betrat die Nebengebäude. Noch bevor Walt den türlosen Eingang erreichte, kam noch jemand.

Jetzt wird's interessant, dachte Katinka. Sie hielt ihre Kamera im Anschlag, bereit, ein Foto zu schießen. Der Dritte war ein spilleriger Kerl in einer kurzen Ballonjacke, der die Hände tief in die Hosentaschen getrieben hatte. Unter dem einen Arm klemmte etwas Flaches, Sperriges.

Er blieb unschlüssig im Hof stehen, sah sich um, entdeckte Walt, rief etwas, Walt winkte hektisch über den Hof. Katinka hörte sein laut gezischtes »Psssst!«

Walt übernahm das flache Paket von dem Hänfling, reichte ihm im Gegenzug etwas, das Katinka im Schneetreiben nicht sehen konnte. Walt wendete sich um, ging durch die Hintertür zurück in den Club. Der Spillerige machte kehrt und trabte mit hochgezogenen Schultern auf den Durchgang zur Laurenzistraße zu.

Genau in diesem Moment trat der Mann im langen Mantel aus den Nebengebäuden. Abgelenkt sah Katinka zu ihm hinüber. Neben dem Kaninchenstall machte sie sich so klein sie nur konnte. Hatte der Lange auf den Spillerigen gewartet? Verdutzt blickte Katinka zur Mauer, die den Hof zur Straße abschloss. Der dünne Kerl mit der Ballonjacke war verschwunden! Sie kniff die Lider zusammen: Seine Fußspuren reichten aber nur bis zur Mitte des Hofes und führten dann zu den Nebengebäuden. Er musste irgendwo dort vor einer der leeren Fensterhöhlen stehen und warten.

Ein Knacken fesselte ihre Aufmerksamkeit. Der Mantelträger sackte rücklings in den Schnee. Blieb liegen. Katinka tastete nach ihrer Waffe. Von dem Spillerigen war im ganzen Hof nichts mehr zu sehen. Der Mann rührte sich nicht. Blieb einfach bewegungslos liegen, während der Schnee ihn Millimeter für Millimeter in all seiner Barmherzigkeit zudeckte. Sie löste sich aus ihrem Versteck und ging langsam über den Hof.

Überrascht stellte sie fest, dass der Schnee in Regen überging. Die Hunde bellten nicht mehr.

Zur selben Zeit

Dante Wischnewski studierte aufmerksam die Listen mit Rezepten, die Caren einzeln neben ihm ablegte. »Noras Pläne für ihr Weihnachtsmenü. Sie will den Club vollkriegen.« Caren ging hinter die Theke und bediente die Kaffeemaschine. »Gar nicht so einfach, das alles hier in den Griff zu bekommen. Cappuccino?«

»O.k.«, sagte Dante. Von dem Schnaps war ihm

nicht gut. Er mochte eigentlich überhaupt keine Kräuterschnäpse, aber was tat man nicht alles, um an gute Geschichten zu kommen. Caren Seidel sah so aus, als habe sie jede Menge davon auf Lager. Bei ihrer Vita! Neugierig blätterte er durch den Stapel Rezepte. Die Texte waren unbeholfen formuliert und strotzten vor Tippfehlern. »Das muss aber dringend mal jemand redigieren«, schlug er vor.

»Machen Sie das halt! Sie sind doch vom Fach!«

»Na ja.«

»Bilden Sie sich nicht ein, dass Nora Ihnen dafür was zahlt. Ich schätze allerdings, Sie können damit rechnen, ein leckeres Dessert vorgesetzt zu kriegen. Lebkuchensterne mit Vanille-Mascarpone und Rumtopf. Oder eine ihrer gefüllten Paprikas. Die sind legendär.«

Dante hielt ein Blatt hoch. »Der Tintenstrahldrucker braucht eine neue Patrone!«

»Wir schreiben die Menüauswahl am besten mit der Hand.« Caren brachte die Cappuccinos. Der Saxofontyp hatte sein Instrument vor sich abgelegt und starrte auf den Fernsehschirm.

»Haben Sie das gesehen?«, fragte er. »Da, schauen Sie mal auf das Laufband. Unwetterwarnung für Nordbayern. Schneeglätte und Blitzeis.«

»Da kann man froh sein, wenn die Heizung läuft«, bestätigte Caren. »Hier, ich habe noch ein paar Lebkuchensterne gefunden. Hat Nora auch selbst gebacken. Also: Gefüllte Paprika, teils auch Tomaten und Kohl«, wandte sie sich wieder Dante zu.

»Womit gefüllt?« Der Reporter wies auf das Blatt. »Man kann's kaum lesen.«

»Mit Hackfleisch!«

»Bei Hackfleisch weiß man nie, was man kriegt«, bemerkte der Saxofonist.

»Ich finde gefüllte Paprika jetzt auch nicht so weihnachtlich«, fuhr Dante fort. »Hier, das klingt doch schon besser. Lammcurry mit Kokosflocken und fritierten Bananenscheiben!«

»Mir läuft das Wasser im Mund zusammen!« Caren nahm einen Lebkuchenstern und biss hinein. »Nora kann wirklich wahnsinnig gut kochen. Haben Sie schon mal ihre Muschelsuppe probiert? Höllisch gut.«

»Stimmt«, ließ sich der Saxofonist vernehmen, ohne den Blick vom Fernseher zu wenden. »Es geht schon los. Verkehrschaos! Ab dem Dreieck Vogtland geht auf der A 9 Richtung Süden nichts mehr.«

»Das Spiel heißt Winter und beginnt jedes Jahr aufs Neue.« Caren beugte sich zu Dante. »Ich würde vorschlagen: Einen Aperitif, vielleicht einen besonders stark gewürzten Punsch, anschließend die

Muschelsuppe mit Knoblauchbaguette. Dann als zweiten Gang etwas richtig Bayerisches. Ochsenmaulsalat! Das kann Nora gut. Ja, und dann: Lammcurry. Na?«

»Da stellt sich ein LKW quer und blockiert die Autobahn für den Rest der Nacht«, beschwerte sich der Typ im Anzug. »Ein einziger Mensch setzt Tausende fest! Gehört bestraft, so was.«

»Als Nachspeise würde ich diese vorzüglichen Lebkuchensterne vorschlagen.« Der Cappuccino weckte Dantes Lebensgeister. Eigentlich hatte er längst zu Hause sein wollen. Nach den vielen Abendterminen in den letzten Wochen sehnte er sich nach einem ruhigen Abend auf dem Sofa. Aber dann dachte er daran, dass seine Schwester mit ihrem neuen Freund ihren Besuch zu Weihnachten angekündigt hatte. Der Gedanke machte ihn so schlapp, dass er sich kaum rühren konnte.

»Wissen Sie, was letztes Jahr passiert ist? Nicht in Bamberg. In Kulmbach? Sie werden es nicht glauben«, fing Caren an. Dann begann sie zu erzählen:

Bös gezeichnet!

Es war jedes Jahr dieselbe Hetzerei, während mir das ewig gleiche Gedudel von »O du Fröhliche« und »Süßer die Glocken« mächtig auf die Nerven ging. Ich schleppte mich nach Dienstschluss über den Kulmbacher Weihnachtsmarkt, um die Mitbringsel für die Verwandten zusammenzukaufen. Weihnachten ist eine klasse Geschichte, wenn man das Weihnachtsgeld auf dem Kontoauszug vorfindet, aber zum Erbrechen, wenn die Verwandtschaft anrückt oder Geschenke einfordert. Schließlich ist dann die Hälfte von der Extrakohle gleich wieder weg. Missmutig stapfte ich durch die braune Matsche zu meinen Füßen. Jemand fegte mir den Puschel seiner frisch erworbenen Weihnachtstanne ins Gesicht. Ich spuckte Nadeln, fluchte und sah argwöhnisch nach meiner Ausbeute: Kunstvolle Kugelkerzen für Tanten und Cousinen, jedes Jahr viele A und O wert. Schnaps, der Urtropfen aus der hiesigen Brennerei, für Onkel und Vettern. Fehlten noch die milden Gaben für die Nichten und Neffen, alles verwöhnte Kinderchen mit Markenklamotten, Videospielen, chronisch angewidertem Gesichtsausdruck und verkrüppelter Feinmotorik. Mehr Kids als Kinder. Schon das Wort kotzte mich an: Kids. Cool. So cool, dass sie ihr Herz wahrscheinlich in einer eisgekühlten Konservenbüchse aufbewahrten.

Ich kaufte mir einen Becher Glühwein und schlenderte weiter. Wurde geschoben. Getreten. Angerempelt. Der Glühwein tropfte auf meinen Mantel. Als Beamtin und Vorbild der vorweihnachtlichen Liebes-

gesellschaft verbiss ich mir eine Replik und trat in den Schatten des nächstbesten Standes, um in Ruhe das süße Gesöff auszunuckeln. In der Bretterbude gab es allerlei Gerangel und Gelächter. Ein Handy klingelte und eine fröhliche, sehr junge Stimme verabredete sich mit einem Kerl. Ich lehnte mich gegen die Wand und sah in den düsteren Himmel hinauf. Regen nieselte auf mein Gesicht. Ich hatte keine Lust. Keine Lust zu dem ganzen Weihnachtskram, der verzuckerten Musik und den romantischen Lichterlein. Wenig überzeugt betrachtete ich den Inhalt meiner Plastiktüte. Über fünfzig Euro für Kerzen, die in Tante Consuelos Korridorschrank eingemottet werden würden, denn »die sind ja zu schade zum Anzünden«. Mein Flug ging am Dreiundzwanzigsten abends. In Sachen Weihnachtsbräuche und Familientraditionen sind wir Neapolitaner knallhart.

In der Bude hinter mir wurde es lebendig. Kichern, aufgeregtes Rufen. »Da ist sie ja!« »Dann können wir ja anfangen.«

Musik schwappte aus der Bude. Klang irgendwie nach Kuba. Warm, sinnlich, frech. Musik von der Art, bei der einem die Beine zu Quirlen werden. Ich goss den Glühwein in den Matsch, warf den Becher in meine Tüte und steppte um den Stand herum. Vor der Bude drängelten sich Trauben von Leuten. Zwei bunte Scheinwerfer tauchten die Szenerie in karibi-

sches Licht. Niemand interessierte sich mehr für Krippenfiguren, Kerzen oder die hell erleuchtete Plassenburg.

»Willkommen, meine Damen und Herren!«, trompetete die Stimme, die eben mit Egon, Thomas oder Mirko ein Date ausgemacht hatte. »Wir präsentieren Ihnen heute was Böses. Was richtig Böses. So soll Weihnachten sein.«

Neugierig schaukelten mich meine Hüften durch die Menge.

»Hier ist sie, die Gewinnerin unseres Karikaturen-Wettbewerbs! Heute signiert sie für Sie ihre Bücher. Und auch die Bücher, die Sie, Ladys und Kerle, an Ihre Lieben daheim verschenken können. Da jubiliert das Herz. Haben wir nicht alle böse Absichten?« Sie lachte keck. Mir gefiel sie.

»Bei uns bekommen Sie das besondere Postkartenbuch mit den Zeichnungen unserer Gewinnerin. Ihr spitzer Bleistift wird Ihre weihnachtsmüden Herzen gehässiger schlagen lassen. Schauen Sie sich an, was sie zu bieten hat. Nur zehn Euro pro Exemplar. Und zur Feier des Tages gibt es einen Orange Blossom umsonst. Hier ist sie: Unsere Karikaturistin: Enikö Marai!« Die letzten vier Wörter schmetterte sie in die Welt wie Knallfrösche. Ich tänzelte auf den Stiefelspitzen und reckte den Hals.

Eine junge Frau in einem schicken Mantel mar-

schierte durch die Reihen, eilig machten die Leute Platz. Es sah aus, als käme Moses durch das Rote Meer geschritten.

»Willkommen, Enikö!«

Enikö lachte. Im Licht der Spots glänzten ihre blonden Locken, und vorwitzig blitzte ein Nasenring auf. Eine wie sie hatte noch an ganz anderen Körperteilen kleine Steinchen funkeln.

»Guten Abend!«, rief sie. Ihre Stimme klang wie ein im Wind knarrender morscher Ast.

Nun begann der wüsteste Ansturm, dem je eine Weihnachtsmarktbude standgehalten hatte. Die Musik bullerte, und in ihrem Rhythmus knockten sich die Leute beinahe gegenseitig von den Füßen, um den Gratisdrink zu ergattern und ein Postkartenbuch von Enikö Marai dazu. Neugierig kämpfte ich mich näher. Ein Ellenbogen traf mich in die Seite. Irgendwo jaulte ein getretener Hund. Es dauerte, bis ich mich zur Bude vorwärtsgeschaufelt hatte. Enikö stand an einem Bistrotisch und signierte die ersten Exemplare. Jemand stellte ihr einen Drink hin. Ich streckte die Hand nach einem Buch aus, kriegte auch eins ab, verlor es aber gleich wieder an eine kampfbereite Konkurrentin. Als ich endlich einen Zehn-Euro-Schein über den Tresen reichte, fragte ich mich, was ich hier eigentlich tat. Geistesabwesend nahm ich das Glas mit dem Cocktail in Emp-

fang. Noch neun Leute wippten vor mir im Takt. Noch fünf, noch vier. Enikö lachte, ließ die Locken flattern, nippte von ihrem Orange Blossom und krakelte ihren Namenszug in die Postkartenbücher. Noch zwei Frauen vor mir. Enikö griff nach ihrem Glas, führte es zum Mund, starrte plötzlich höchst erstaunt in die Ferne. Das Glas zerplatzte auf dem Pflaster. Verwundertes Murmeln, Schreie. Über allem immer noch die kubanische Musik. Enikö Marai sank zu Boden. Ihre Locken verteilten sich dekorativ in den grauen Schneeresten.

Niemand näherte sich. Wenn der Tod auf federnden Füßen unterwegs ist, schleichen sich jene davon, die noch nicht dran sind. Ich stellte meine Plastiktüte auf dem Tresen ab, zückte meinen Dienstausweis und rief:

»Bitte treten Sie zurück! Polizei!«

*

»Und das muss ausgerechnet am dunkelsten Tag des Jahres passieren«, lamentierte Tjark. Das war die Argumentationskette meines Chefs. Er begann bei den klimatischen Verhältnissen seiner ungeliebten Heimat und hangelte sich bis zu dem Mordfall durch, den wir aktuell bearbeiteten.

»Reg dich ab!«, fuhr ich ihn an. Ich roch Morgen-

luft. Ein Mordfall am einundzwanzigsten Dezember bedeutete, dass meine Verwandten in diesem Jahr auf mich verzichten mussten. Ein wenig leckte das schlechte Gewissen mit rauer Zunge an mir: Enikö Marai musste sterben, nur wegen deiner Verwandten … Angewidert schüttelte ich den Kopf und sortierte die Papiere auf meinem Tisch, bevor ich Tjark ins Besprechungszimmer folgte. Auf was für Ideen so ein Gewissen kam!

»Mord auf dem Kulmbacher Weihnachtsmarkt«, begann Tjark. »Hat es noch nie gegeben. Zufällig war Clemenza vor Ort. Schieß mal los, Clemenza.«

Ich schoss los. Fügte die Aussagen der Buchhändlerin an, der die Trompetenstimme gehörte und die den Wettbewerb ausgelobt hatte. Ein paar Zeugenaussagen. Die Ergebnisse aus der Rechtsmedizin. Enikö Marai war mit Blauem Eisenhut vergiftet worden, der giftigsten Pflanze Europas, die unter Kennern auf den Namen aconitum napellus hörte.

»Enikö«, murmelte Tine. »Türkin?«

»Ungarin«, berichtigte Tjark, bevor ich mich einschalten konnte. »Sie lebt seit ihrer Kindheit in Deutschland und ist Lehrerin für Latein und Griechisch.«

»Also integriert«, sagte ich und sah Tjark grinsen.

»Wieso zeichnet eine Lehrerin Cartoons?«, fragte

Tine, die meinen Boshaftigkeiten auswich, indem sie sie überhörte.

»Karikaturen«, verbesserte Tjark. »Das ist was anderes. Karikaturen nehmen die Abgründe der Gesellschaft aufs Korn.«

Ich verbiss mir die Bemerkung, wie ein Abgrund auf ein Korn passte. Wahrscheinlich konnte ich zu schlecht Deutsch, würde Tine jetzt sagen.

»Sie zeigen das Böse, damit wir erkennen, was gut ist«, ergänzte Volkwin.

Ich reichte das Postkartenbuch herum.

»Wie ihr seht«, sagte Tjark, »sind einige Honoratioren aus unserem beschaulichen Ort Opfer von Enikös Zeichenstift geworden. Frieder Bach aus dem Bauamt, Amtsarzt Dr. Helge Bundschuh.«

»Und die 2. Bürgermeisterin!«, rief Tine verblüfft.

»Auch die«, bestätigte Tjark und warf mir einen Blick zu. »Für Malaika Norden ist ihr Auftritt als bebrillter Weihnachtsengel allerdings eher eine kostenlose Werbung.«

»Wer ist denn Malaika Norden?«, fragte Volkwin.

Es wunderte mich nicht, dass er die Mundartdichterin nicht kannte. Schließlich verstand er sich als Intellektueller und hatte die Frankfurter Allgemeine abonniert.

Während Tjark ihn aufklärte, besah ich mir die Liste. Bauamtsmann, Amtsarzt, Mundartdichterin. Der Pfarrer, vor Kurzem vom Vatikan zum Monsignore ernannt und darauf mächtig stolz. Die 2. Bürgermeisterin Wilhelmine Mais und Karl Neun, Deskchef bei der Bayerischen Rundschau. Und noch ein paar andere. Ich schob die Skizzen weg und sagte:

»Hört mal, bloß, weil man als Nikolausi dargestellt wird, kriegt man doch nicht gleich einen Rappel und ermordet die Karikaturistin.«

Tjark fuchtelte mit den Händen in der Luft herum. »Denk an den Karikaturenstreit vor ein paar Jahren.«

»Das war was anderes«, sagte ich. »Das war politisch.« Und es fand nicht in Kulmbach statt, fügte ich im Stillen hinzu.

»Vielleicht ist das hier auch politisch!«, warf Volkwin ein. »Der Pfarrer hatte im Frühjahr einen Prozess wegen Fahrerflucht am Hals. Jetzt ist er Monsignore.«

Ich zuckte die Schultern. »Deswegen morden? Der Klerus ist ohnehin korrupt.«

»Bei euch in Neapel«, fragte Tine, »gibt's da überhaupt ein Delikt, das Fahrerflucht heißt?«

Ich hatte ihr so oft erklärt, dass ich im zarten Alter von zwei in dieses warme und herzliche Land nörd-

lich der Alpen eingereist war, dass ich mir eine weitere Erläuterung sparen konnte. Schnell sagte Tjark:

»Denkt mal, Dr. Bundschuh hat letztens auch ziemlichen Stress gehabt. Mit seiner völlig überdrehten Schweinegrippe-Prävention hat er die ganze Stadt auf den Kopf gestellt.«

»Er hat sich neulich die Segelohren operieren lassen«, warf Tine ein.

»Das Ganze war ein Wettbewerb, Kollegen«, sagte ich und klopfte auf Enikos Buch. »Es gab Konkurrenten, die aus dem Weg geschafft werden mussten. Vielleicht wäre gern ein anderer der Glückliche gewesen und hätte seine Zeichnungen in dicker Auflage als Weihnachtsgeschenk über den Tresen wandern sehen.«

»Geh der Sache mal nach«, bat Tjark.

Ich packte meinen Kram zusammen und ging. Hatte sowieso keine Lust mehr, mir den Hintern plattzusitzen.

*

Buchhändlerin Tessi Gerber hockte hinter einem Rechner und sah erstaunt hoch, als ich mich vor ihr aufbaute.

»Servus«, sagte ich. »Conzi. Ich hätte da noch ein paar Fragen.«

Sie nickte und führte mich durch die überheizte und überfüllte Buchhandlung in ihr Büro.

»Die letzten Tage vor Weihnachten machen wir unser bestes Geschäft«, erläuterte sie. In ihrer Stimme karibikte es nicht mehr so wie gestern, als sie Enikö angekündigt hatte.

»Haben Sie den Wettbewerb allein ausgelobt?«

»Zusammen mit dem Kulturamt.«

»Namen?«

»Frau Sabine Heller. Wilhelmine Mais hat den Kontakt hergestellt.«

»Die 2. Bürgermeisterin?«

»Genau. Wir machen zusammen Jazztanz.«

»Wie lief das denn genau ab mit dem Wettbewerb?«

»Wie in der Branche üblich«, sagte Tessi. »Wir haben im März eine Ausschreibung gemacht. Kulmbacher Karikaturen. Es kamen viele schlechte Einsendungen. So hatten wir uns das nicht vorgestellt. Einsendeschluss war der einunddreißigste August. Einen Tag vorher trudelten Enikös Zeichnungen hier ein. Ein Glücksfall. Ansonsten hätten wir den Preis kaum vergeben können.«

»Sind die anderen Karikaturen so miserabel?«

»Kaffee?«

Ich nickte.

»Wir wollten was Fetziges. Einen Reißer. Kann

man in unserer ländlichen Gegend vielleicht nicht erwarten.«

Ich nahm die Tasse entgegen und vermutete: »Jetzt verkauft sich Enikös Postkartenbuch bestens?«

Tessi Gerber zuckte leicht zusammen. »Ausverkauft. Wir lassen nachdrucken, in aller Eile. Heute Nachmittag kommen die neuen Exemplare.«

»Ich hätte gern die Namen aller anderen Einsender. Inklusive der Zeichnungen.«

Mit einer dicken Akte unter dem Arm marschierte ich hinaus. Von Osten her bahnte sich ein scharfer Wind seinen Weg in die Fußgängerzone.

*

Tjark hockte an seinem Schreibtisch, als ich beschneeflockt hereinstürmte. Er hielt mir eine Karikatur unter die Nasenlöcher.

»Schau mal. Dr. Bundschuh.«

»Und?« Ich glotzte auf einen dicken Kerl, dem schiefe Zähne aus dem Mund wuchsen, während ihm ein Heiligenschein, beschwert von einer Ansammlung grunzender Schweinchen, über den Kopf glitt.

»Na ja, genauso schaut er aus«, kommentierte ich.

»Bundschuh wird aufs Korn genommen, weil er die Schweinegrippepanik gekriegt hat und sich außerdem

mehr um sein Äußeres kümmert als um das gesundheitliche Wohl der Bevölkerung. Wie Berlusconi übrigens.«

»Pass mal auf, Chef«, fuhr ich meinen Vorgesetzten an. »Ich habe ihn weder gewählt noch habe ich mich von ihm kaufen lassen!« Ich fügte ein paar scharf gewürzte neapolitanische Lebensweisheiten an.

Tjark machte eine wegwerfende Handbewegung.

»Ist dir aufgefallen, dass ein Reporter von der Bayerischen Rundschau am Stand war, als Enikö umgebracht wurde?«

»Nö.«

»Zeugenaussagen nicht gelesen?« Er hob die Hand, bevor ich den nächsten Wutanfall bekam. »Klar, du hattest alle Hände voll zu tun und gute Arbeit geleistet. Ja, da war tatsächlich einer vor Ort. Georg Henrich. Und jetzt lies mal.«

Er hielt mir die Zeitung vor die Nase. Ich brauchte nur das Foto zu sehen. Mich selbst mit einem Cocktail in der Hand, mitten in der Schlange vor dem Signiertisch.

»Sehr fotogen«, witzelte Tjark.

›Hauptkommissarin Clemenza Conzi war zufällig vor Ort‹, las ich, ›und kümmerte sich sofort um die Beweisaufnahme und Spurensicherung.‹ Der Typ hatte ja wirklich nicht den Hauch einer Ahnung.

»Befördert hat er dich auch«, ermunterte mich

Tjark. »Tine checkt ab, wer eigentlich Gelegenheit hatte, das Gift in Enikös Getränk zu mischen. Volkwin kümmert sich um ihren persönlichen Hintergrund.« Er räusperte sich. »Und, Clemenza?«

»Was?«

»Urlaub ist nicht. Nicht jetzt. Vorhin hatte hier schon Frau Bürgermeisterin ihren Auftritt, ließ sich einen Tee brauen und verlangte Aufklärung bis zum Weihnachtsabend. Wir sollen ihr die Kladde gewissermaßen im Glanzpapier unter den Christbaum legen.«

Er erwartete Widerworte, aber ich fühlte mich regelrecht glücklich. Die Mischpoke konnte ohne mich feiern.

*

Tjark leitete seit einem guten Jahr das Kommissariat eins. Seitdem waren die Sitzungen um einiges besser organisiert als unter seinem Vorgänger. Wir erfuhren also recht flott, dass Enikö Marai noch keine ausgewachsene Lehrerin war, sondern Referendarin am hiesigen Gymnasium, dass ihre Eltern seit einigen Jahren wieder in Ungarn lebten und Kollegen und Freunde Enikö als lebensfroh und humorvoll lobten. »Kaum einer wusste von ihrem zeichnerischen Talent«, fügte Volkwin hinzu.

»Ich kann euch nichts weiter berichten«, seufzte Tine und machte eine Kaugummiblase. »Jeder hätte an Enikös Glas herankommen können. In dem Gedränge …«

Ich unterbrach sie: »Wer mixte die Drinks?«

»Eine Mitarbeiterin von Tessi Gerber, eine gewisse Doris Mey. Sie wollten was anbieten, das nichts mit Weihnachten oder so zu tun hatte.«

»Ja, klar«, fuhr ich ungeduldig dazwischen. »Wer besorgte die Zutaten? Wer hatte Zugang zu den Sachen? Da waren doch noch andere Mitarbeiter in der Bude. Was hatten die denn zu tun? Kasse? Verkauf? Oder was?«

Tine schwieg.

»Überleg doch mal, Clemenza«, sagte Tjark. »Doris Mey hatte Zugang zu den Sachen, ebenso alle anderen Mitarbeiter der Buchhandlung. Aber das Gift muss gezielt in Enikös Getränk gekommen sein, denn nur sie wurde vergiftet. Das heißt: Der Täter träufelte in letzter Sekunde das aconitum napellus in exakt den Cocktail, der ganz sicher Enikös Magen fluten würde.«

Ich schloss die Augen und sah die Szene vor mir. Ich mitten im Gewühl, Enikö am Stehtischchen, einen Stift in der Hand. Fünf Finger, die ihr das präparierte Glas reichten. Kein Zweifel. Tjark hatte recht.

*

Das Telefonat mit Tante Consuelo brachte ich rasch hinter mich. Weihnachten im Kreis der Familie abzusagen, das durfte man nicht mal denken, geschweige denn tun. Ich konnte nur deshalb auf Milde hoffen, weil ich Polizistin war. Deutsche Polizistin. Die galten als korrekt und waren ohnehin immer im Einsatz. »Aber spätestens zum sechsten Januar bist du bei uns? Dann ist dein Fall doch gelöst?« Ich hörte ein »Mach uns keine Schande, Mädchen« aus der Leitung tropfen und versprach nichts. Legte auf und lächelte mir ins Fäustchen.

*

Malaika Norden war ein Künstlername. Die Mundartdichterin hieß gut bürgerlich Susanne Wensky, trug das blondierte Haar toupiert und hörte die Kulmbacher Flöhe husten.

»Ich finde Enikös Karikaturen fabelhaft!«, flötete sie. »Fabelhaft. Meine Güte, ich habe mich kaputtgelacht über Bundschuhs rutschenden Heiligenschein. Warum musste der auch noch zum Schönheitschirurgen, in dem Alter!« Sie setzte mir eine stattliche Sammlung Plätzchen vor und goss Tee in zerbrechliche Tässchen. »Wussten Sie, dass der Redakteur, der in der Bayerischen Rundschau über den Mord schrieb, kurz vor dem Rausschmiss steht?«

Ich biss in den erstbesten Keks. »Wegen des Artikels?«, fragte ich kauend. Das Zitronat verklebte mein Gebiss. Ich hasste Weihnachtsgebäck.

»Nein. Die Kündigung droht ihm schon länger. Er bringt einfach keine Themen ein. Nur langweiligen Kram, Familienfeste, Spielmobil, Adventstraditionen.« Malaika alias Susanne klopfte auf ihre Speckfalten. »Mögen Sie meine Plätzchen?«

»Sehr lecker«, flunkerte ich.

»Bei Ihnen in Italien gibt's ja das viel bessere Gebäck. Wenn ich nur an die Panettoni denke …«

»Arbeitete Henrich denn nicht schon länger bei der Bayerischen Rundschau?«

»Ach!« Malaika machte eine fahrige Handbewegung. »Zuerst war er Freelancer. Dann gaben sie ihm einen befristeten Vertrag. Aber der Deskchef ist nicht zufrieden mit ihm.«

»Woher wissen Sie das so genau?«

Sie griff in die Plätzchendose und biss genüsslich zu.

»Ich bin mit Neuns Sekretärin befreundet«, schnurrte sie. »Aber das behalten Sie doch für sich, ja?«

»Kennen Sie sich mit Giften aus?«

Sie grinste verschwörerisch und angelte ein Buch aus dem Regal. ›Meine Hexenküche‹. Passender Titel.

»Die tödlichsten Rezepte, die Sie sich denken können, Frau Conzi.«

Malaika war so frei, mir das Buch auszuleihen.

*

»Alibis«, knurrte Tjark am Morgen des dreiundzwanzigsten Dezember. »Zu viele Alibis.«

Ich besah mir die Liste. Malaika Norden hatte während Enikös Signierstunde in der städtischen Bücherei Gedichte vorgelesen, der Bauamtsmann in einer Besprechung gehockt, der Pfarrer eine Andacht gehalten und die 2. Bürgermeisterin war mit ihrem Fahrer unterwegs zur Landesregierung gewesen.

»Ich habe die Karikaturen der Konkurrenten durchgesehen. Da war keiner, der sich auch nur im mindesten mit Enikö Marai hätte messen können. Alles schon mal da gewesen und ziemlich bemüht«, erklärte ich meinem Vorgesetzten.

»Du meinst, wo keine ernst zu nehmende Konkurrenz besteht, gibt's keinen Grund für einen Mord?«

Ich zuckte die Achseln.

»Übrigens: Von den Leuten, die aufs Unschönste karikiert wurden, haben nur Karl Neun und Helge Bundschuh kein Alibi.«

Jeder in Kulmbach wusste, dass der Deskchef bei

der Bayerischen Rundschau Verhältnisse mit jüngeren Frauen hatte und Dicke lieber mochte als Hungerhaken. Enikös Zeichnung bemühte seine Libido äußerst subtil in Gestalt einer ausgebeulten Pluderhose.

»Dann fühlst du den beiden auf den Zahn!«, befahl Tjark.

Ich griff zum Telefon.

*

»Das muss man sportlich nehmen, Frau Kommissar«, sagte Dr. Helge Bundschuh leutselig, als ich ihn nach seiner Meinung zu den Karikaturen fragte. Ich studierte die Muster aus rotem Wachs auf seinem Teppichboden. Er folgte meinem Blick.

»Ein Malheur«, winkte er ab und leichte Gereiztheit schlich über sein Gesicht.

Er war klein. Untersetzt. Hatte vorstehende Zähne. Heutzutage würde mit so einem Gebiss niemand mehr erwachsen. Dafür sorgten schon die Kieferorthopäden, was wiederum die Manager lukrativer Investmentfonds freute.

»Wo waren Sie zur Tatzeit, Herr Dr. Bundschuh?«

Er blätterte in seinem Terminkalender.

»Ich bin spazieren gegangen.«

»Alleine?«

»Frische Luft ist gesund.«

»Tragen Sie Ihre privaten Spaziergänge immer in Ihren Terminkalender ein?«

Er schnaubte und griff nach einem Taschentuch.

»Als Mediziner wissen Sie um die Wirkung von Blauem Eisenhut?«, bohrte ich weiter.

»Himmel!« Er lachte gequält. »Eines der stärksten Pflanzengifte. Nicht zu fassen.«

»Haben Sie Enikö Marai umgebracht?«

Er starrte mich fassungslos an, dann wieherte er los.

»Ich?« Er schüttelte sich vor Lachen. »Nein.«

*

»Dramatisch. Und das kurz vor Weihnachten. Die arme Familie!« Neun ging ganz in seinem Pathos auf. »Das muss Ihnen als Italienerin doch noch deutlicher vor Augen stehen als uns … Teutonen.«

»Wie gefällt Ihnen Ihre Karikatur?«

»Na, sehr glücklich bin ich nicht darüber. Aber man nimmt es mit Humor, nicht wahr?«

»Wäre Enikö Marai nicht ein Gewinn für Ihre Zeitung gewesen? Als Karikaturistin?«

Neun streckte die Arme nach vorne. »Bisher wusste ja niemand von ihrem phänomenalen Talent.«

»Es wird doch bald eine Stelle frei?«, erkundigte ich mich. »Wenn Georg Henrich geht?«

Der Deskchef wurde rot. »Haben Sie das von Malaika?«

»Nein. Vom Weihnachtsmann.«

»Leider«, plusterte Neun sich auf, »sind wir in gewissen Fällen gezwungen, uns von Mitarbeitern zu trennen.«

*

Am späten Nachmittag trugen wir im Besprechungszimmer unsere Ergebnisse zusammen. In zwei Stunden wäre mein Flug gegangen. Irgendwie hoffte ich, dass wir den Mörder bis dahin nicht fangen würden. Natürlich war das sowieso unrealistisch, und ich hatte den Flug längst storniert. Der Gedanke beruhigte mich.

»Doris Mey schwört Stein und Bein, dass sie allein die Zutaten für die Cocktails gekauft hat und dass alles noch originalverschlossen war, als sie mit dem Mixen der Drinks loslegte«, berichtete Volkwin.

»Lass gut sein«, sagte Tjark. »Jemand muss sich an Enikös Glas herangeschlichen und das Gift hineingetröpfelt haben.«

Ich beteiligte mich nicht an der Diskussion. Mir fehlte ein schlüssiges Motiv. Wer mordete schon, nur weil er karikiert wurde? Ich dachte an Tante Consuelo und ihre Theorien über blinde Flecke. »Die Welt kennt viele deiner Schwächen, Schätzchen«, pflegte sie zu sagen, »auch ohne dass du dir dessen bewusst wirst. Deine Mitmenschen legen den Finger in Wunden, von denen du nicht einmal wusstest, dass sie dich schmerzen.«

Das mochte stimmen. Vielleicht suchten wir bei den falschen Leuten. Ich blätterte in dem Postkartenbuch. Gab es eine Karikatur, deren Witz auf den ersten Blick nicht verständlich war?

Meine Kollegen beendeten ihre Debatte.

»Machen wir morgen weiter«, erklärte Tjark. »Meine Güte, die Polarnacht macht mich ganz depressiv.«

Ich folgte Tjark in unser Büro. »Hast du Lust auf einen Glühwein?«, fragte ich ihn.

Er zuckte die Schultern, als käme es ihm nicht so genau darauf an, allzu bald zu Hause bei Frau und Kind einzutrudeln.

*

Wir nippten an unserem Punsch. Der Zimtgeschmack stieß mir übel auf.

»Hast du das auch gehört?«, fragte ich Tjark. »Zimt soll gesundheitsschädlich sein.«

»Egal«, knurrte er. »Wenn ich mehr als sechs Zimtsterne aus dem Backofen meiner Schwiegermutter vertilge, verrecke ich an Herzverfettung.«

Ich trank meinen Becher aus. »Die Buchhandlung hat ihren Stand wiedereröffnet.«

»Da rollt der Rubel.«

»Wir haben keinen einzigen gut begründeten Verdacht. Gegen niemanden.«

Tjark brachte unsere Becher zurück und kassierte den Pfand. Wir schlenderten zur Bücherbude. Ein Nikolaus trat uns in den Weg und bot Safrantörtchen an.

»Für mich nicht«, wehrte ich ab, verstaute die Hände in den Manteltaschen und sah Tjark beim Reinbeißen zu.

»Hm«, mümmelte er. »Klasse. Möchtest du?« Er hielt mir das angebissene Törtchen hin.

»Kein Bedarf.«

Es regnete ein Gemisch aus Wasser und Schnee vom Himmel. Morgen abend würde ich die Telefonschnur aus der Wand ziehen und bei sanfter Musik in der Badewanne Sekt trinken.

Wir wurden im Gewimmel abgedrängt und trafen uns hinter dem Stand der Buchhandlung wieder. Heute lief keine Musik. Von nebenan wehte Friteusenfett herbei, unterlegt von dumpfem Jingle-Bells-Ostinato.

»So war das nicht gedacht!«, rief jemand aus der Bücherbude.

Ich machte Tjark ein Zeichen. Wir standen still wie die Mucksmäuse und warteten.

»So nicht! Wie viel hast du ihr überhaupt reingeschüttet?«, fragte ein Kerl.

Eine unverständliche Antwort. Wir sahen uns an.

»Sie sollte umkippen. Wegen des Aufsehens. Nur deshalb!« Die Stimme nahm Fahrt auf.

»Ach, vergiss das doch! Glaubst du, das hätte uns nur einen müden Euro mehr eingebracht?«, keifte Tessi Gerber.

»Ich wollte eine Story! Ich musste einfach irgendwas bringen, verflucht!«, keuchte der Mann.

Georg Henrich, formte ich mit den Lippen.

»Aber sie sollte nicht sterben!«, fuhr er fort, und die Verzweiflung trieb seine Stimme in die Höhe. »Sie sollte doch nicht sterben!«

Mein Vorgesetzter brach durch die Sperrholztür in den Stand wie ein überpünktlicher Weihnachtsengel. Es war achtzehn Uhr siebenundzwanzig am dreiundzwanzigsten Dezember.

*

»Vermisst du deine Familie eigentlich nicht?«, fragte Tjark spät in der Nacht, als er mich nach Hause

brachte. Wir hatten alles in die Wege geleitet. Der Staatsanwalt freute sich, dass die Sache vor Weihnachten vom Tisch war. Als bliebe nach Weihnachten keine Zeit mehr. Zu nichts.

»Nö«, sagte ich. Ich sah meinen Chef davonfahren, heim zu den Seinen.

*

»Orange Blossom!«, rief Dante. »Na klar, das wäre der richtige Drink, um Noras Menü abzuschließen. Finden Sie nicht?«

»Genau!« Eifrig nickend, stellte Caren die leeren Kaffeetassen zusammen. »Und gucken Sie mal nach dem Rezept für die Lebkuchensterne. Müsste auch da in den Unterlagen sein.«

»Übrigens«, bemerkte Dante, »finde ich, dass der Club einen Namen braucht. Wie wäre es mit ›Orange Blossom‹?«

»Klingt aber nicht nach einem Restaurant. Eher nach Bar.«

17 Uhr 40

Katinka kniete neben dem Mann, der wie hingegossen im Schnee lag und mit leeren Augen in den Nachthimmel starrte. Sein Ledermantel glänzte vor Nässe. Sie konnte keinen Pulsschlag fühlen. Angespannt leuchtete sie ihm direkt ins rechte Auge. Die Pupille zeigte keine Reaktion. Der hat's hinter sich, dachte sie. Aber warum? Was hat ihn umgebracht? Was hat dieses eigentümliche Knacken verursacht, das ich gehört habe? Sie sah sich im Hof um. Der Spillerige war verschwunden. Katinka war sich sicher, dass er nicht mehr durch den Durchgang hinausgegangen war. Sie hätte seine Spuren im Schnee sehen müssen. Andererseits: Vielleicht hatte sie sich getäuscht? In den vergangenen zwanzig Minuten waren drei Personen durch den Hof spaziert und hatten den Schnee aufgewirbelt. Doch von Fußabdrücken war kaum noch etwas zu sehen.

Sie hielt ihr Handy schon in der Hand, um den Notruf zu wählen, als jemand aus dem Nebengebäude trat.

Nora Molitor! Sie bückte sich, hob etwas auf, roch daran.

»Frau Molitor!«

Nora erschrak so heftig, dass sie ausrutschte und sich im letzten Moment fing.

»Vorsicht! Es wird verdammt glatt!«

»Auch schon gemerkt.« Nora guckte verdutzt zu ihr hoch. »Was machen Sie denn hier?«

»Ihre Lasagne ist verbrannt.«

»Verdammte Scheiße!«

»Gibt's ein Alternativessen?«

»Ich habe noch frische Bagels«, murmelte Nora. »Und Hackfleisch in der Kühltruhe.« Der Regen strömte über ihren Mantel. Die Wollmütze, die sie trug, hatte sich schon mit Wasser vollgesogen.

»Gucken Sie mal!« Katinka deutete auf den Mann im Schnee. »Wer ist das?«

»Scheiße.«

Im kalten Licht ihrer Stirnlampe sah Katinka Noras Augen. Sie waren ganz weit und dunkel. Wie riesige, schwarze Monde. »Und was machen Sie hier in meinem Hof?«

»Kennen Sie den Mann?«

»Ein Nachbar.«

»Ach, du Schande!«

»Ist er tot?«

»Sieht so aus.«

Nora klammerte sich an Katinka. »Es gibt Glatteis!«

»Wo kommen Sie jetzt eigentlich her?«

»Von Harun. Meinem Nachbarn. Er ... wollte etwas für mich erledigen. Aber ...« Nora starrte auf die Leiche. »Er wohnt in dem alten Lagerhaus nebenan. Es gibt eine Tür, direkt von der alten Wirtschaftsküche zu ihm. Also muss ich nicht den Umweg über die Straße machen. Was treiben Sie hier in meinem Hof? Wenn Sie rauchen wollen, ich kann Ihnen – unter uns – einen Raum zeigen, wo ...«

»Nein, danke. Nicht nötig.« Aneinandergeklammert stakten sie durch den vereisten Schnee zurück zum Hintereingang.

»Komisch. Ich habe eben diesen Lebkuchenstern gefunden.« Nora klopfte mit der freien Hand auf ihre Manteltasche. »Sieht aus wie einer von meinen, riecht aber ganz anders.«

Der Regen prasselte jetzt mit Wucht auf alles herab. Wo steckte der Spillerige? Das eisige Wasser lief Katinka übers Gesicht. Beim besten Willen konnte sie nichts und niemanden erkennen. Mit einem letzten Blick auf die Leiche folgte sie Nora Molitor zurück in den Club.

17 Uhr 45

»Katinka Palfy, Privatdetektivin. Und Sie bleiben jetzt alle schön hier.«

An den Tischen im ehemaligen Boxring saßen Dante und Caren, außerdem eine Frau in einer roten Skijacke. Ein Typ im Anzug, der sein Saxofon im Arm hielt wie eine Siamkatze, hockte vor dem Fernsehschirm und starrte lethargisch auf den Lauftext am unteren Rand. Walt Meier, der eine sperrige Plastikmappe unter den Arm geklemmt hatte, war schon an der Tür.

»Halt!«, schrie Katinka. »Im Hinterhof liegt ein Toter.«

Walt hatte die Hand an der Klinke, drückte die

Eingangstür auf. Doch die viel zu riesige Mappe verhakte sich in dem schweren Vorhang.

Mit drei Schritten war Katinka bei Walt. Sie überwältigte ihn mit Leichtigkeit. Er protestierte, wehrte sich aber nur halbherzig.

»Stopp. Mal langsam. Kripo.«

Katinka starrte die Frau in der roten Skijacke an, die eben noch mit Dante und Caren am Tisch gesessen war.

»Hauptkommissarin Clemenza Conzi. Sorry, aber Sie haben Konkurrenz bekommen.«

»Ich hätte ohnehin Ihre Kollegen angerufen.«

Dante rückte mit seiner Kamera an. »Sie ist mit Hauptkommissar Uttenreuther verbandelt. Dem Leiter der Mordkommission in Bamberg. Darf ich?«

»Unterstehen Sie sich!«, schnauzte Katinka. Das passte ja alles wunderbar zusammen. Ihre Beziehung zu Hauptkommissar Hardo Uttenreuther musste hier nicht auch noch seziert werden.

»Von mir aus«, bleckte Clemenza die Zähne.

Die beiden Frauen sahen einander an.

»Da war noch einer«, sagte Katinka schließlich. »So ein kleiner, schmächtiger. Ist das Ihr Kumpel, Meier?«

»Was geht Sie das an? Lassen Sie mich in Ruhe.«

»Erzählen Sie mir nicht, Sie hätten die Leiche im Hinterhof nicht gesehen!«

»Was denn für eine Leiche?«

»Wer ist der Kerl in dem Ledermantel?«, insistierte Katinka.

»Sie werden mit ihm fertig, oder?«, fragte Clemenza. »Dann sehe ich mir den Toten mal an. Vielleicht klärt sich gleich alles auf.«

Die hat keine Lust, einen Tag vor Heiligabend eine Mördersoße anzurühren, dachte Katinka. Verständlich. Sie griff nach Walts Mappe, löste die Gummibänder und klappte sie auf. Mindestens zwei Dutzend Zeichnungen lagen vor ihr. Kohle, Bleistift, teils Buntstift. Vorsichtig blätterte sie durch den Stoß Papier. »Diese Skizzen hier gehören einer gewissen Trude Nüsslein, hab ich recht? Aus dem Nachlass geklaut, um sie als Ihre eigenen in den Kunstmarkt zu schleusen!«

»Hä?«, machte Walt. Aber er sah nicht mehr so besonders selbstsicher aus.

»Wo ist denn Ihr Mittelsmann? Für das Wetter da draußen war er ja ein bisschen dünn angezogen!«

»Den finde ich!« Clemenza Conzi war schon unterwegs.

Caren stand neben Katinka. »Geben Sie mir die Kabelbinder. Ich passe auf ihn auf.«

»Sie?«

»Ex-Triathletin. Mit Erfahrung beim Festsetzen von Straftätern.«

Wo ist eigentlich Nora?, dachte Katinka, während sie Clemenza folgte.

17 Uhr 50

»Weit kann er nicht sein!«, schnauzte Clemenza. »Sind Sie dienstlich hier?«

»Ach wo! Morgen kommt die Verwandtschaft aus Neapel. Jeder Mensch braucht eine Erholungsphase, bevor es Weihnachten zur Sache geht. Wenigstens habe ich es dieses Jahr geschafft, Tanten und Co. nach Deutschland zu kriegen. So erspare ich mir den Flug. Ich mag keine Flugzeuge.«

»Also sind Sie Italienerin?«

»Mit zwei Jahren nach Kulmbach gekommen. Ich habe eine gute Freundin in Bamberg. Wir sind heute mal durch die Stadt geschlendert.«

Die Kommissarin und Katinka standen im Korridor, der von den Toiletten nach hinten führte. Clemenza checkte das Männerklo, Katinka das Frauenklo.

»Für kleine Mädchen ist er definitiv nicht. Sind Sie sicher, dass Sie einen dritten Mann gesehen haben?«

Katinka weihte Clemenza in knappen Worten in ihren Auftrag ein. Die Italienerin pfiff leise durch die Zähne. »Das gibt eine Menge Ärger. Also: Ich Küche, Sie …«

Ein Rumpeln erschütterte den Club. Katinka zog ihre Beretta und stieß die Tür auf, durch die sie eine knappe Stunde zuvor Walt gefolgt war. Der Gang war stockfinster. Das grüne Exit-Schild leuchtete nicht mehr. »Geben Sie mir Deckung«, wisperte sie Clemenza zu. Der Lichtkegel ihrer Stirnlampe schnitt ein Stück aus dem Dunkel heraus.

»Da ist keiner!« Clemenza fegte durch den Raum. Sie rüttelte an einem Regal und stieß mit dem Stiefel gegen einen Stapel Bierkästen. »Ganz schön geröllheimermäßig hier.«

»Umbau!«, erläuterte Katinka, als müsste sie Nora verteidigen.

»Ich checke jetzt die Küche!«, sagte Clemenza.

»Ich gehe in den Hinterhof!«

Katinka trat hinaus in den eisigen Abend. Brutal fiel der Wind sie an. Die Regentropfen schmerzten im Gesicht wie Glassplitter. Sie biss sich auf die Lippen, als sie zur Scheune hinüberging. Der Schnee lag immer noch hoch, war vollkommen vereist. Bei jedem Schritt knirschte es, als zerträte sie Glas.

Die Scheune war mit zwei schweren Vorhängeschlössern gesichert. Die Fußspuren bei den Baracken gegenüber sahen auf den ersten Blick verwirrend aus. Katinka leuchtete durch die Türhöhle, ohne auf den Toten zu achten. An den Anblick von Leichen gewöhnte man sich nicht. Vielleicht stumpfte man ab, indem man seine Gedanken weg von dem zerstörten Leben auf etwas anderes lenkte. Nur nicht zu lange am Elend aufhalten. Sie betrat das niedrige, verwahrloste Gebäude. Es gab keinen Korridor: Jeder Raum war mit dem nächsten direkt verbunden. Aus den Wänden ragten rostige Wasserleitungen. Ein alter Kühlschrank und ausrangierte Bierfässer standen herum, alles mit einer schmierigen Staubschicht überzogen.

An einer Wand lehnte die Tür eines Wagens; ihr roter Lack war völlig zerkratzt. Katinkas Schritte hallten in der Leere. »Hallo?«, rief sie leise in den Raum.

Ein Schatten glitt vor ihr aus der Finsternis. Lautlos schien er mit dem Dunkel zu verschmelzen.

»Stehenbleiben!« Katinka hielt die Beretta in der Faust. »Ich bin bewaffnet. Bleiben Sie stehen!«

Der Mann, der unsicher blinzelte, als sie die Lampe auf sein Gesicht richtete, murrte ungehalten: »Was soll'n das? Wird man jetzt abgeknallt, wenn man am Abend auf ein Bier will?« Sein Bart stand zipfelig in alle Richtungen. Winzige Eisklümpchen hingen darin fest.

»Wer sind Sie?«

»Äh … Harun Findeisen. Noras Nachbar.«

Katinka ließ die Waffe sinken. Er war nicht der Hänfling. Er war groß, schmal gebaut, aber durchaus sportlich. Wortlos winkte sie ihm, ihr zu folgen. Sie traten aus der Baracke in den Hinterhof. Katinka richtete den Strahl ihrer Lampe auf die Leiche.

»Kennen Sie den Mann?«

Harun beugte sich hinunter. Als er sich wieder aufrichtete, sah er aus, als müsse er sich übergeben. »Wenn mich nicht alles täuscht, wohnt der Vogel irgendwo hier … weiter die Straße rauf.«

17 Uhr 55

Clemenza Conzi hatte nicht das leiseste Interesse, an ihrem ersten freien Abend beruflich zu werden. Vor allem, weil dieser 23.12. genaugenommen ihr einziger freier Abend sein würde, bevor sie am 29. wieder arbeiten ging. Denn die Verwandtschaft aus Neapel verstand keinen Spaß, wenn es um Weihnachtstraditionen ging. Sie würden sie von morgens bis abends in die Mangel nehmen, sie zwingen zu essen, zu trinken, zu reden, zu erzählen, zu schenken und sich beschenken zu lassen. Nicht auszudenken, wie all die Sightseeingtouren enden würden, die sie zu organisieren hatte. Die wenigsten ihrer Tanten und Cousins hatten sie je in Deutschland besucht. Üblicherweise fuhr sie nach Italien, um sich dort von Tisch zu Tisch reichen zu lassen. Urlaube dieser Art hingen ihr ziemlich zum Halse raus.

»Wo gibt's noch eine Versteckmöglichkeit?«, fragte sie. Sie war im Keller gewesen, hatte ein zweites Mal die Toiletten durchsucht und die Kühl- und Vorratsräume in Augenschein genommen.

Nora Molitor stand in ihrer Küche und stellte eine gigantische Schüssel mit gefrorenem Hackfleisch in die Mikrowelle. »Ich habe keine Ahnung.«

»Sie wohnen im ersten Stock?«

»Genau.«

»Was dagegen, wenn ich mal nachsehe?«

Clemenza entging nicht, dass Noras Gesichtsfarbe ein paar Grade röter wurde.

»Gehen Sie nur. Aber oben ist abgeschlossen. Außerdem ist der erste Stock nur über die Außentreppe erreichbar. Dazu müssen Sie zum Haupteingang raus, dann links rum, durch die schmale Holztür.«

»Kein Zugang vom Hinterhof?«

»Nein.«

18 Uhr

Katinka schickte Harun in die Wirtschaft. »Seien Sie so nett und bestellen Sie mir gleich ein Bierchen mit!«, bat sie.

Irgendwo musste dieser dritte Typ stecken. Sie

hatte ihn gesehen! Es gab keinen Zweifel. Er war der Mann, der mit der unförmigen Mappe durch den Durchgang gekommen war. Sie überquerte den Hof. Der Regen hörte schlagartig auf. Ein eisiger Wind fegte, als Katinka den Kopf hinaus auf die Laurenzistraße steckte. Sie lag gespenstisch leer da in der eisigen Finsternis. Als Katinka einen Fuß hinaussetzte und sich schwungvoll drehte, um die Straße entlangzublicken, geriet sie ins Trudeln und fiel auf den Hintern. »Verflucht, ist das glatt!« Also hatten die Wetterfrösche recht gehabt mit ihren Warnungen. Die Fahrbahn und die Gehsteige waren eine einzige Eisbahn. Nicht ein Fahrzeug wagte sich hinaus. Im Prinzip waren die Bedingungen ideal zum Eisstockschießen. Katinka rappelte sich vorsichtig auf, streckte die Arme zur Seite hin aus wie ein Seiltänzer und balancierte vorsichtig zurück in den Innenhof des Boxclubs. Der dritte Kerl hatte nicht entkommen können. Kein Mensch war imstande, sich auf einer solchen Eisbahn zu bewegen. Allein im verharschten Schnee kam man noch vorwärts.

Als sie sämtliche Winkel im Hof ableuchtete, fiel ihr der Kaninchenstall auf. Er stand jetzt anders da als vorhin. Schräger. Sie ging darauf zu, die Waffe fest im Griff.

»Kommen Sie hinter dem Kaninchenstall vor! Machen Sie schon!«

Keine Antwort.

Der traut sich was, dachte Katinka. Das Herz schlug ihr bis zum Hals. Der Wind heulte um die Scheune. Die Temperaturen fielen beinahe minütlich. Das würde eine ungemütliche Nacht geben.

»Hallo?« Katinka stand nun seitlich neben dem Kaninchenstall, hinter dem sie sich selbst vorhin versteckt hatte, stieß mit dem Fuß dagegen und rief: »He!«

Nichts.

Sie trat fester. Der Stall wackelte, schwankte und kippte in die Richtung, wo Katinka den Typ vermutete. Die nächste Sturmbö verschluckte den Krach, als das gewagte Konstrukt umstürzte und in der Mitte auseinanderbrach.

Frustriert stampfte Katinka mit dem Fuß auf. Der Kerl musste rechtzeitig getürmt sein. Sie fand ihn einfach nicht.

18 Uhr 12

»Lassen Sie mich endlich in Ruhe!«, fauchte Walt. »Und machen Sie mir diese Kabelbinder ab. Ich bin kein Verbrecher, ich habe nichts geklaut und keine Leiche gesehen.«

Clemenza Conzi saß ihm gegenüber an dem Tisch, an dem Walt selbst den ganzen Abend gehockt hatte. So fand Katinka die beiden: Clemenza in der roten

Skijacke, Walt im dunklen Mantel, beide umringt von Dante, Caren, Nora, dem bärtigen Nachbarn Harun, der ein Kellerbier in der Hand hielt, und dem Mann im Anzug, dessen Saxofon nun einsam auf einem Tisch lag.

»Ich will einen Anwalt!«, kauzte Walt.

»Geht klar«, erwiderte Clemenza, »aber der Anwalt kriegt heute abend keinen Fuß mehr hierher. Genauso wenig wie meine Kollegen, die Spurensicherung und der Rechtsmediziner. Wir kommen vor morgen auch nicht hier raus. Es sei denn, Sie legen es darauf an, sich sämtliche Knochen zu brechen. Ich hoffe, wir haben ausreichend Getränkevorräte?« Sie sah Nora an.

»Soll das ein Witz sein? Der Abend ist ein bisschen aus dem Ruder gelaufen, aber das heißt ja nicht, dass wir hier verhungern und verdursten müssen.«

»Wie beruhigend«, kommentierte Walt.

Clemenza zückte ein Schweizer Messer und durchtrennte mit einem energischen Schnitt die Kabelbinder . »Frau Molitor, bevor Sie mit dem Kochen anfangen, würde ich Sie gerne mal mit rausnehmen, den Toten identifizieren.«

Ihr Tonfall hörte sich an, als habe sie die feste Absicht, anschließend Walt auszunehmen, um aus seinen Innereien Kuddeln zu kochen.

Nora wurde blass. »Muss das sein? Ich kann nicht mal Blut sehen!«

»Dazu wird es nicht kommen, das garantiere ich Ihnen! Dem ist das Blut in den Adern längst gefroren.«

»Ihr Humor ist ja finsterer als in der schweren Zeit!«, warf Dante ein.

»Möchten Sie auch mit?«

»Klar!« Er stülpte schon die Ohrenklappenmütze über seinen Kopf.

Katinka verdrehte die Augen. Ihr war klar, dass das übereifrige Redaktionsmitglied keine Gelegenheit ausließ.

Im Gänsemarsch trabten Clemenza, Nora, Dante und Katinka hinaus in den Hof. Der böige Wind trieb nun statt Regen wieder Schnee heran. Eisige Winzlinge. Immer mehr und mehr.

»Haben Sie schon mal die These gehört, dass alles Leben aus der Kälte kam?«, rief Clemenza. Der Sturm riss ihre Stimme in Fetzen. »Schwer vorstellbar.«

»Im Gegenteil«, setzte Dante zu einer Erklärung an. »Die kalten Meere sind viel nährstoffreicher als …«

»Sie sind nicht gefragt!«, schnitt die Kommissarin ihm das Wort ab.

Katinka stapfte an ihm vorbei und kniete sich

neben die Leiche. Sie fegte die Schneeschicht weg, die sich über den Ledermantel gelegt hatte. Das Gesicht des Toten war vollkommen farblos. Sie schloss dem Mann die Augen. Den Blick aus toten Pupillen konnte sie nicht ertragen.

»Seltsam. Kommt daher und stirbt!«, sagte Clemenza. »Kennen Sie ihn? Nun sagen Sie schon, Frau Molitor.«

Nora sah aus, als müsse sie sich jede Minute übergeben. Sie nickte schwach. »Habe ich doch Frau Palfy schon gesagt.«

»Also?« Clemenza fackelte nicht lange. »Raus mit der Sprache.«

»Der Mann ist ein entfernter Nachbar. Bekannt im Viertel als ewiger Querulant. Nörgelt über alles und jeden. Er wollte den Umbau des Boxclubs verhindern, weil er sich wegen des Lärms sorgte. Könnte ja sein, dass hier im Sommer mal ein Biergarten entsteht.« Sie hatte den Blick von der Leiche abgewandt und sprach zu niemand Bestimmtem. »Dabei wohnt er ein gutes Stück den Kaulberg hinauf. Da macht jedes vorbeifahrende Auto mehr Krach als irgendein Restaurantgast.«

»Name?«

»Engstler. Arndt Engstler.«

»Sagt mir doch was!« Clemenza runzelte die Stirn. »War der mal Strafrichter?«

»War er. Einer, der immer genau wusste, was richtig und was falsch ist!« Nora spuckte in den Schnee.

Hoppla, da hat sich aber ganz schön viel Aggression angestaut, dachte Katinka. Sie begann, die Situation komisch zu finden. Zusammengewürfelt mit einem knappen Dutzend völlig Fremder, wenn sie Dante ausnahm, hatte sie mindestens 12 öde Stunden in einer Spelunke vor sich, von deren Existenz sie bis vor wenigen Stunden nichts gewusst hatte.

»Hatten Sie Ärger mit Engstler?«, fragte sie Nora.

»Kann man so nicht sagen. Nur – er schnüffelte einfach überall herum. Stänkerte, drohte, machte Stress. Keiner mochte ihn im Viertel. Schauen Sie sich Harun an. Meinen Nachbarn. Er vertreibt Wasserpfeifen. Verkauft sie im Internet. Das findet – fand – Engstler abartig. Nachgerade pervers. Dachte wohl, da hängt ein Puff dran. Spionierte hier ständig rum.«

»Bei Ihnen? Im Hof?« Dante hüpfte von einem Bein auf das andere. Er ist irgendwie hyperaktiv, dachte Katinka. Seine Mutter muss mit ihm als Kleinkind eine Menge Stress gehabt haben.

Irgendwo kauzte ein Hund, beruhigte sich aber sofort.

»Wo haben Sie Engstler heute Abend gesehen?«, wandte Clemenza sich an Katinka.

»Er kam aus den Nebengebäuden. Zuvor spazierte er fröhlich durch den Hintereingang in den Hof.«

»Aber Sie haben nicht bemerkt, ob jemand ihn niedergeschlagen hat oder so?«

»Hoffnungslos!«, antwortete Katinka. »Er hat keine sichtbaren Verletzungen.« Sie hob die Schulter des Toten ein Stück an. »Kein Blut, kein nichts. Kein Messer, kein Schuss!«

Clemenza ging zur Scheunenwand hinüber, an der ein Besen lehnte, und fegte den Schnee zwischen der Leiche und dem Eingang zu den Baracken weg. »Sehen Sie mal, allerhand Gerümpel.«

»Ich würde jetzt gern wieder reingehen!«, ließ sich Nora vernehmen.

»Das sollte keine Kritik sein!«, beruhigte Clemenza, während sie unentwegt kehrte. »Ob Sie hier aufräumen oder nicht, hat nichts mit unserem toten Freund zu tun.« Sie hielt inne und bückte sich. »Könnte sein, dass er über diesen alten Laubrechen gefallen ist. Der Stecken scheint ziemlich frisch durchgebrochen. Wie hoch lag vorhin der Schnee?«

Katinka sah Clemenza ratlos an. Deren rote Skijacke leuchtete unnatürlich in dem silbernen Licht, das über dem Hof schwamm. »Ein bisschen höher als jetzt. Der Regen war zwar kurz, aber heftig. Kann einiges weggewaschen haben.«

»Klar, er kann gestürzt sein und sich das Genick gebrochen haben. Es gibt auch Leute, die haben plötzlich einen Schlaganfall, während sie ihre Morgenzeitung am Kiosk holen«, meldete sich Dante zu Wort.

»Warten wir die Kriminaltechnik ab«, bestätigte Clemenza. »Ich habe die Bamberger Kollegen schon informiert, aber im Augenblick kommt ja niemand vor die Tür. Haben Sie irgendwo eine Plane oder so, damit wir ihn zudecken können?«

Ein Handy klingelte. Katinka wandte ihren Blick von der Leiche ab und sah nacheinander Dante, Clemenza und Nora an.

»Kann mal einer drangehen?«, schnauzte die Kommissarin.

»Ähm, ich glaube – der, für den der Anruf kommt, kann nicht mehr abheben!« Dante zeigte auf die Leiche.

Kein Zweifel: In Arndt Engstlers Ledermantel klingelte ein Handy.

»Scheiße!« Clemenza fummelte einen Latexhandschuh aus ihrer Jacke. Doch bis sie ihn über ihre vor Kälte steifen Finger gestreift hatte, die Manteltaschen des Toten abgesucht und schließlich das Handy herausgefischt hatte, war der Rufton längst verstummt.

»Porcamiseria!«

»Was?«, fragte Dante. »Woher kam der Anruf?«

»Akku leer!« Clemenzas Kiefer mahlten. Sie steckte das Handy in ihre Jacke.

18 Uhr 30

Sie stapften zurück in den Club.

»Sie haben die Leiche vorhin schon gesehen!«, zischte Katinka Nora zu.

Die Restaurantchefin packte Katinka am Arm und hielt sie zurück, während Clemenza zu den Toiletten ging. »Ich kann die Polizei nicht brauchen!«

»Ach?«

»Ich habe was zu rauchen im Mantel!«

»Frau Conzi ist von der Mordkommission. Für Gras interessiert die sich nicht!«

»Pffff!«

»Haben Sie größere Vorräte angelegt?«

»Nein, das nicht. Aber …«

»Ihr Nachbar?«

»Seine Wasserpfeifen sind total legal. Was glauben Sie denn!«

»Gar nichts. Warum sind Sie dann nervös?«

»Weil es nichts Schädlicheres gibt für die Publicity als einen toten Nachbarn im Hinterhof.«

»Unsinn. Wahrscheinlich erweist es sich als das Gegenteil«, tröstete Katinka.

»Sie haben eine ganz schön morbide Ader.«

»Sie tut nur so«, drang Dantes Stimme zu ihnen durch.

»Können Sie mir verraten, was hier gespielt wird?« Nora stemmte die Hände in die Hüften und blickte angriffslustig von einem zum anderen.

Katinka senkte die Stimme zu einem Flüstern. »Ich habe den Auftrag, Walt Meier zu überwachen. Das ist der Typ, der die fette Zeichenmappe unter dem Arm hatte. Er hat sie von einem Kerl bekommen, der jetzt verschwunden ist.«

»Überwachen?«

»Sie ist Privatdetektivin.« Dante konnte nicht anders als mitzumischen.

»Ach so. Weit kann er nicht sein«, erwiderte Nora, die sich über Katinkas Outing nicht zu wundern schien. »Die klassische Krimisituation, oder? Keiner kann entkommen. Wie dem auch sei – ich bin in der Küche.« Sie musterte Dante. »Darf man Sie bitten, einen Kasten Mineralwasser und ein paar Flaschen Saft aus dem Keller zu holen?«

»Jederzeit zu Diensten!« Dante verbeugte sich theatralisch und marschierte zur Kellertür.

»Und hier – wenn Sie es übernehmen könnten …?« Sie kramte aus einem der Regale im Gang eine mehrfach gefaltete, steife Plastikfolie hervor und hielt sie Katinka hin. »Ich kann das nicht.«

Diese nickte nur und ging wieder hinaus. Mit einem mulmigen Gefühl deckte sie den Toten zu. Unter dem Plastik sah die vom Schnee bedeckte Leiche aus wie ein bizarres Kunstwerk. Ein letztes Mal blickte Katinka sich aufmerksam um.

Als sie in den Gastraum zurückkam, wuchtete Dante gerade den Getränkekasten hinter die Theke. Während er sich den Schweiß abwischte, fragte er angelegentlich: »Sagen Sie, Frau Molitor, das Hundefutter im Keller ist nicht für Ihre Gäste, oder?«

18 Uhr 40

Walt tobte wie ein Berserker.

»Das ist mir ja noch nie passiert!«

Caren stand hinter seinem Stuhl und drückte ihm die Hände auf die Schultern. »Sie bleiben hübsch sitzen. Dann lassen wir mit uns reden.«

»Scheiß Weiber.«

Eine klitzekleine Bewegung von Caren, und Walt schrie schmerzerfüllt auf.

»Sie haben verstanden, schätze ich!« Katinka räusperte sich. »Also. Was haben Sie mit den Skizzen vor? Wer hat sie Ihnen übergeben?«

»Was geht Sie das an?«

»Hier: Das Kürzel TrN lässt ja wohl kaum auf Walt Meier als den Urheber schließen.« Katinka tippte auf die Signatur, die sich schüchtern in die linke untere Ecke auf der Rückseite einer Zeichnung drückte. »Trude Nüsslein hat ihre Bilder leider Verso signiert. Man muss schon genau hinschauen. Deshalb erhofften Sie sich durch Einsatz des nötigen Bakschisches ein paar gute Geschäfte.«

»Nonsense!«

»Der talentierte Walt Meier!«, lachte Dante. »Der Experte des spurlosen Verschwindens. Und rechtzeitigen Wiederauftauchens. Habe ich recht?«

Katinka hätte Dante am liebsten am Spieß gebraten.

»Na? Neugierig? Ihnen läuft ja schon der Speichel im Mund zusammen!« Dante grinste. »Unser Kandidat hier hat schon mehrfach die Kunstwelt genarrt.« Er rieb sich die Hände vor lauter Vorfreude, seine Geschichte zum Besten geben zu können:

Wer hat meinen Hund geküsst?

Winterdämmerung. Aus der Galerie in der Bamberger Sandstraße flutet gelbes Licht, der Schnee glänzt. »Wir haben lange genug gewartet«, sagt Mascha. »Zwei Jahre und zwei Monate. Der taucht nicht wieder auf.« Kim schüttelt den Kopf. Nein, vermutlich nicht. Vor ihr liegt der Vertrag, der Galerist muss nur noch unterzeichnen, gleich bringt sie das Konvolut über die Straße, bloß noch diesen Kaffee mit

Mascha trinken und tief durchatmen. Ihrer Karriere steht nichts mehr im Weg. Und von wem sie die Idee hat – Kinkerlitzchen. Interessiert nicht. Sie will nur noch raus aus der Werbebranche, wo sie immer noch das Blödchen ist wie früher in der Schule.

»Erinnerst du dich?« Mascha lacht. »Wie er da plötzlich vor uns stand mit seinem Dackel?«

Vor zwei Jahren hat sich die Clique noch einmal getroffen, um gemeinsam ins neue Jahr hineinzufallen, bevor Mascha und Kai heiraten wollen, bevor sich vier Jahre nach dem Abitur endgültig die Wege trennen; im Frankenwald, wo die Clique ihren Anfang nahm und wo keiner von ihnen mehr leben will. Kim denkt an das dunkle Dorf, durch das sie fahren, immer steiler hinauf, an die Lichterketten am letzten Haus an der Straße, den Wald, den Schnee, der aus den Wolken stiebt, an die Hütte mit dem Kanonenofen und dem Plumpsklo. Ganz so wie früher sollte es sein, hat Kai beschlossen. Kai, der King der Clique. Der in Immobilien macht.

Alle acht sind gekommen, haben sich in ihren Autos den Weg durch den verschneiten Wald gebahnt, rauf auf den Berg. Haben sich auf die letzten Meter zu Fuß durch den schneidenden Wind gekämpft. Iris stellt die Bowle auf den Tisch, Kerzen werden angezündet, Musik angestellt, der Ofen bullert. Es wird noch heißer, weil Kai irgendwann sein Aktenköfferchen zückt, das er schon in der Kollegstufe von Kurs zu Kurs schleppte, und ein paar Pröbchen herumreicht wie ein Friseurvertreter das Haarwasser.

Sie kiffen, trinken, Mascha und Toto liegen im Doppelschlafsack, dabei will Mascha heiraten, allerdings nicht Toto, aber wen interessiert das um kurz vor 22 Uhr an Silvester, draußen jault der Sturm. Dann klopft es an der Tür und alle halten den Atem an. Kim dreht die Musik leiser, die Tür springt auf. Kläffend bahnt sich ein weiß verschneites, rattengroßes Fellbündel seinen Weg rund um Fersen und Zehen.

»Walt?« Kai stöhnt. »Mensch, Walt! Wo bist du denn abgeblieben all die Jahre?«

Walt, bärtig, durchnässt, noch immer mit Bowler, grinst. Ganz der Guru, der er schon früher war. »War auf der Suche nach Inspiration. Hundi, Fuß!«

Kim giggelt los. ›Hundi‹, das darf nicht wahr sein, Walt, der Einserkandidat, die Intelligenzbestie, kommt daher nach vier Jahren, in denen er keinen Kontakt zur Clique gehalten hat, und dann ›Hundi‹!

»Inspi – was?«, krächzt Mascha.

»Kunst, Süße! Bali, Tonga, Ostsee.« Walt wirft seinen Mantel auf den Boden, das Fellbündel schießt hervor und beißt wie weggetreten auf den Stoff ein. »Aus, Hundi!«

Alle brüllen vor Lachen. Schulternklopfen, Küsschen hier und da und Fragen über Fragen, Mensch, Walt, in welcher Senkgrube bist du denn untergegangen, hast dich vier Jahre lang nicht gemeldet, bist immer noch so, wie wir dich kannten, altes Großmaul.

Kim schaut hinüber zur Galerie. Keiner von den anderen verstand an jenem Abend, was Walt meinte. Weil ein Künstler eben mal weg muss, aussteigen, abtauchen, verduften, damit in ihm etwas hochkommt, was er zu Kunst machen kann, damals hat das niemand kapiert.

»Wie ist das eigentlich passiert?«, fragt Mascha, dreht die leere Tasse in den Händen, »warum ist Walt mit einem Mal ausgeflippt?«

Richtig rumgeschrien hat Walt, zuviel von Kais Pröbchen blubbern in seinem Superhirn, er hat nie viel vertragen, ist das fünfte Rad am Wagen, nicht mehr richtig drin in der Clique nach vier Jahren, aber spielt immer noch den Freibeuter. »Wer hat meinen Hund geküsst?«, quiekt er. Es ist kurz nach halb zwölf, der Dackel ist besoffen. »Wer hat meinen Hund geküsst?« Alle kreischen, Walt dreht sich um die eigene Achse und kippt um.

Sie tragen Walt raus, an die frische Luft, tätscheln

seine Wangen, stopfen ihm Schnee unters Hemd, er reagiert nicht, dann ist es fast zwölf, »Champagner!«, ruft Kai, und so bleibt Walt im Schnee liegen, im Hemd, bei minus 15 Grad, weil keiner sich mehr zuständig fühlt, und Dackel Hundi galoppiert in den Wald.

Kim wacht als Erste auf am nächsten Morgen. Sie muss aufs Klo, torkelt aus der Tür, aber Walt liegt da nicht mehr. Sie suchen ihn den ganzen ersten Januar, bis die Dunkelheit über sie hereinbricht, es schneit ununterbrochen. Der Winter frisst den Frankenwald auf, saugt an den Bergen, rührt die Wälder um, niemand kommt aus seiner Behausung bei so einem Wetter. Kai fährt Walts Wagen weg und niemand fragt, wohin. Kim kümmert sich um sein Gepäck, sieht die Bilder, die sind genial, und Kim schmiedet den Plan. Sie hat Talent, endlich hat sie auch eine Idee.

Jetzt liegt vor ihr der Vertrag. Sie winkt der Bedienung und zahlt, lädt Mascha ein, »danke, Kim«, sagt Mascha.

Sie treten auf die Straße hinaus, es schneit immer noch, »nur Mut!«, ruft Mascha, knufft Kim in die Seite.

Der Galerist sitzt im Kontor. Kim klopft zaghaft an den Türrahmen. Sieht dort drinnen ein Bild, das der Galerist gerade rahmt. Ein Bild, wie sie es gemalt haben könnte, oder eben Walt. Kim wird blass, fühlt Maschas Hand auf der Schulter, dreht sich um.

Da steht Walt, nimmt den Bowler ab und grinst. »Zum Untertauchen gehört auch die Kunst, zur richtigen Minute wieder aufzutauchen«, doziert er. »Ich hätte doch nie meine besten Arbeiten mit auf die Hütte genommen, Blödchen.«

Kim geht, hört nicht auf Mascha, die ihr hinterherruft. Die Schnipsel des Vertrages lösen sich im Schneematsch auf.

*

18:55

»Mascha war wirklich immer das Blödchen«, gab Walt zu. »Heute tut es mir leid, dass ich sie so habe auflaufen lassen.«

»Sie hätten draufgehen können da oben im Schnee!«, widersprach Katinka.

»Quark. Ich nehme nie mehr, als ich vertrage. Aber wir waren damals alle stoned! Es war Silvester! Was erwarten Sie denn?«

»Klare Antworten auf klare Fragen«, antwortete Katinka. Clemenza, Harun und Nora saßen an der Theke und wälzten Rezepte. Der Musikus blies ein melancholisches Intermezzo auf seinem Sax. »Erstens: Wer ist der Tote da draußen im Hof?«

»Ich kenne ihn nicht.«

»Sagt Ihnen der Name Arndt Engstler was?«

»Nein!«

»Wohnen Sie hier in der Nähe?«

»Ich wohne in Nürnberg!«

Katinka nickte. »Verstehe. In Nürnberg. Schöne Stadt. Sie sind also nur gekommen, um die Zeichnungen an sich zu nehmen. Frage: Wer hat Ihnen diese Mappe zugesteckt?«

»Das ist ja nicht so besonders schwer herauszufinden«, mischte sich Dante ein. »Ich habe mal ein bisschen recherchiert. Durfte mir doch Ihr iPad ausleihen, oder, Frau Palfy?« Er grinste sardonisch. »Ich ging einfach davon aus. Sie hatten kein Passwort vorgeschaltet.«

»Machen Sie ruhig weiter.«

»Trude Nüsslein ist in der Kunstszene eigentlich nur Eingeweihten bekannt, stimmt's?« Dante holte das iPad und klickte darauf herum. »Dort aber ist sie fast so was wie ein Geheimtipp. Sie vereint, so schreiben die Kritiker, die Fähigkeit eines Carl Larsson, Dynamik und Lebensfreude genauso wie Detailreichtum abzubilden. Aber sie tut es subtiler. Nicht naiv. Mit Ironie. Deswegen kann man sagen, dass sie die Kunst der kolorierten Bleistiftzeichnung revolutioniert hat. Bitte!«

Katinka blickte auf den Bildschirm. Die Zeichnung, die sie dort sah, entsprach im Stil genau denen auf den Blättern, die sie vor sich auf dem Tisch liegen hatte.

»Verstehe«, sagte sie langsam. »Diese Skizzen in der Mappe sind noch nicht koloriert. Sie hatten also durchaus noch selbst was vor, Herr Meier!«

»Sie können mich mal!«

»Trude Nüsslein begann mit dem Zeichnen sehr spät. Sie war schon fast 60, als sie die ersten Blätter einem Galeristen zeigte. Der war begeistert.«

Walt holte tief Luft, als wolle er widersprechen, schüttelte aber dann nur resigniert den Kopf. Die Saxofonläufe wurden zu zusammenhanglosen Fetzen in Moll.

»Jemand hat Ihnen diese Mappe übergeben. Ich habe Sie gesehen. Sie und den Mann im Ledermantel. Und noch einen dritten Typen.« Katinka klopfte auf die Tischplatte. Im Dreierrhythmus. Wieder und wieder. »Drei Männer im Schnee. Das war mal ein Film.«

»Schwarz-Weiß-Komödie nach dem Roman von Erich Kästner«, rapportierte Dante. »1955 gedreht. Der Film hält sich genau an die literarische Vorlage. Mehrere Sätze sind exakt dem Buch entnommen.«

»Wer ist dieser Schlauschwätzer eigentlich?«, regte Walt sich auf.

»Der im Ledermantel hat Ihnen nichts mitgebracht. Von dem können Sie die Mappe nicht haben. Also von dem dritten. Denn ehe Sie vor«, sie sah auf die Uhr, »knapp zwei Stunden auf den Hof rausgingen, hatten Sie noch keine Zeichenmappe.«

»Fuck!«

»Geht Ihnen der Wortschatz aus?«

»Unerwartet auftretende Wortfindungsstörungen können auf einen Schlaganfall hinweisen«, dozierte Dante.

»Also, Nummer drei hat Ihnen die Mappe mitgebracht. Und Sie haben bezahlt. War's ein Schnäppchen?«

»Ich habe diese Zeichnungen vor Längerem auf einer Ausstellung gekauft. Aber sie sollten ja noch eine Weile in den Ausstellungsräumen hängen. Klar? Also hat man sie mir heute gebracht.«

»Im Hinterhof eines Boxclubs? Einen Tag vor Heiligabend? Das ist der Brüller!«

»Weisen Sie mir was anderes nach!«

»Diese Bilder sind niemals Bestandteil einer Ausstellung gewesen!« Katinka bluffte, aber sie glaubte Walt kein Wort. Irgendwie musste sie ihn aus der Reserve locken. Sie fuhr herum: »Sagen Sie mal: Fehlen Ihnen ein paar Töne?« Das Saxofongedudel ging ihr auf den Keks.

Der Mann im Anzug sah mit Leichenbittermiene zu ihr hinüber. »Leider ja! Vorhin fiel mir der Koffer mit dem Sax um. Irgendwas hat sich minimal verstellt. Von außen gesehen, scheinen die Klappen alle zu funktionieren.«

»He, da kann ich Abhilfe schaffen!« Harun winkte von der Theke herüber. »Überlassen wir den Frauen das Kochen. Ich habe eine echt gute Lampe zu Hause. Damit kriegen wir's hin. Ich gehe sie holen.«

»Ihr Nachbar scheint ja seine Fähigkeiten zu haben!«, warf Clemenza ein. Nora wurde flammend rot. Manche Leute haben aber auch echt ein Talent, die Aufmerksamkeit auf sich zu lenken, dachte Katinka.

Der Musiker sah zweifelnd drein.

»Ich war früher mal Instrumentenbauer. Klarinettist. Handele noch immer mit Noten. Mit einem Sax komme ich auch zurecht.«

»Mir wäre es lieber, wenn Sie die Lampe hierherbrächten!«

Harun zuckte die Achseln. »Keinen Hund schickt man bei dem Wetter vor die Tür. Die Leibeigenen schon.«

»Ich bitte Sie, Sie haben es doch selbst angeboten!«, fuhr Caren auf.

Harun hob die Hände. »Schon gut, Lady, ich bin auf dem Weg. Hoffe, ich schaffe es bis nebenan.«

»Geh durch die Wirtschaftsküche«, schlug Nora vor. »Über die Gehwege hast du keine Chance.«

»Wie geht's eigentlich Hundi?«, wandte Dante sich an Walt.

19:10

Nora trat an Walts Tisch. »Wenn Sie Künstler sind, sollten Sie doch eine leserliche Handschrift haben!«

»Ich habe eine Sauklaue.«

»Dann strengen Sie sich ein bisschen an. Schreiben Sie mir die Menüliste für Weihnachten?«

»Weihnachten?«, polterte Walt. »Wer denkt denn jetzt noch an Weihnachten?« Er sprang auf.

»Hinsetzen und schreiben!« Caren drückte ihn zurück auf seinen Stuhl. »Dabei am besten die Klappe halten.«

»Wenn der Pinguin mit seinem weinerlichen Sax so weitermacht, können Sie mich sowieso gleich in die Klapse einliefern.«

Ungerührt legte ihm Nora einen Stoß DIN-A4-Blätter und einen schwarzen Filzstift hin. »Voilà! Und damit Sie die Zeit bis zum Essen überstehen – hier wären ein paar Lebkuchensterne aus meiner eigenen Backstube.« Sie stellte einen Glasteller neben Walt.

Er tut ihr leid, dachte Katinka. Kennt sie ihn? Ist er wirklich zum ersten Mal hier? Spielen hier alle nur Theater? Inklusive Clemenza? Und wer ist eigentlich dieser Saxofonbläser?

Artig begann Walt zu schreiben. Hungrig nahm

Katinka einen Lebkuchenstern. Er war mit Bitterschokolade glasiert und roch nach Zimt und Glühwein. Nora zog ab in die Küche.

Von irgendwo erklang Musik. Rondo Veneziano dudelte Weihnachtslieder. Dante bekam einen Lachkrampf. Der Musiker legte sein Instrument in den Koffer und betrachtete es sorgenvoll.

»Möchten Sie was trinken? Sagen Sie es gleich, bevor ich eine rauchen gehe!« Caren trat an den Tisch des Saxofonisten. In ihrem Gesicht war so etwas wie Mitleid zu lesen.

»Vielleicht – ein Glas schwarzen Tee?« Schüchtern sah er auf.

Caren zog ab.

»Haben Sie einen Auftritt verpasst?«, fragte Katinka. »Wegen des Wetters?«

»Verpasst? Von wegen. Versaubeutelt habe ich ihn. Das Instrument spielt die tiefen Töne nicht mehr. Mir ist das vollkommen schleierhaft. Das Sax spricht normalerweise so leicht an!« Er rieb sich das Gesicht. »Der Koffer ist umgefallen. Mit dem Sax drin. Mist.«

»Anschlag auf Saxofon«, vermeldete Dante die Schlagzeile. »Kann ich nochmal Ihr iPad benutzen, Frau Palfy?«

»Was haben Sie vor?«

»Mein Blog updaten. Ideale Situation. Wir haben ja nichts anderes zu tun!«

»Bitte. Tun Sie, was Sie nicht lassen können.« Katinka ging Caren zur Theke nach. Sie brauchte dringend einen Kaffee.

»Ich wollte morgen nach Dublin fliegen!« Der Saxofonist ruckte an seiner Krawatte.

»Marscherleichterung, Sir?«, witzelte Dante. »Legen Sie den Binder ruhig ab!«

»Das ist meine einmalige Chance. Ich habe ein paar Auftritte organisiert. Mit einer irischen Band. Wir haben vor Jahren mal zusammen gespielt. Jazz, Swing, Funky Music. Sogar Klassik.«

»Bis morgen hat sich die Schneelage beruhigt«, versprach Caren und klang wie die Wetterfee im Privatfernsehen. Sie stellte dem Musikus die Teetasse hin. »Nachdem wir hier ohnehin eingeschlossen sind, vielleicht sollten wir uns einander vorstellen. Also, ich bin Caren Seidel.«

»Teddy Groh.« Er nahm die Teetasse, nickte Caren zu und verbrannte sich mit dem ersten Schluck die Lippen.

»Obacht!«, warnte Dante. »Denken Sie an Ihr Mundstück!«

»Lassen Sie ihn in Frieden«, raunte Katinka, die mit einem Cappuccino in der Hand zurück zu ihrem Tisch kam. »Und hacken Sie nicht so stürmisch auf meinem iPad rum. Das Ding ist neu.«

»Wie geht's dem Hauptkommissar?«, fragte Dante.

»Der untersucht einen unnatürlichen Todesfall. Vermutlich Suizid.« Katinka dachte daran, wie einen Tag vor Heiligabend die Drähte heiß liefen, weil alle durchdrehten.

»Klar, die meisten laufen um diese Zeit des Jahres Amok. Immobilienkrise, Bankenkrise, Wirtschaftskrise, Eurokrise. Und jetzt die Weihnachtskrise.«

»Ihre Kollegen machen aber auch dermaßen Wind! Zeit der Familie und dieses ganze Blabla! Kein Wunder, wenn die Leute sich umbringen, um der Einsamkeit zu entgehen.« Katinka rührte in ihrer Tasse.

»Ich wäre froh, wenn ich die Mischpoke nicht am Hals hätte!«, ließ sich Clemenza von der Theke her vernehmen. Sie hatte ein Glas Rotwein vor sich stehen und lächelte es versonnen an. »Man stelle sich vor, welche Möglichkeiten das Leben ohne die Verwandten zu bieten hätte: per Billigflug abheben, mit einem Longdrink am Strand liegen, Würstchen grillen, in den Sonnenuntergang schauen, danach in die Disco und sich mal so richtig einen abtanzen.«

»Eben«, bestätigte Dante. »Die meisten knallen durch, weil sie die Familientreffen nicht aushalten. Ist man verheiratet, wird es noch schlimmer. Dann stehen auch noch Weihnachtslieder und Stollen bei der Schwiegerfamilie auf dem Stundenplan.«

»Grauenvoll!«, ließ sich Teddy Groh vernehmen.

»Was da seit Wochen aus den Lautsprechern gluckert, kann man ja nicht als Musik bezeichnen.« Er nahm sich einen Lebkuchenstern und roch daran. »Süßkram ist einfach nicht mein Fall.« Verdrossen legte er den Stern zurück.

»Unter uns gesagt, sind wir hier noch ziemlich gut dran«, grinste Caren. »Wir sind nicht mit unseren Familien eingeschlossen. Bloß mit einem knappen Dutzend Unbekannten.«

»Übelkeit erregende Vorstellung, wenn man mit Tante Elfriede unter dem Weihnachtsbaum sitzen muss, weil das Blitzeis einem die letzte Fluchtmöglichkeit vereitelt.« Dante tippte wie ein Irrer.

»He, wird das eine schnelle Depesche?«, fragte Clemenza.

Für eine Polizistin ist sie ziemlich cool, dachte Katinka. Hardo würde durchdrehen, wenn jemand die Nachricht von einem Mordfall, an dem er arbeitete, hier gleich ins Internet stellt.

»Schreiben Sie mal nichts über unseren Spezialisten für nächtliche Hinterhofgänge«, bat Clemenza genau in diesem Moment.

»Also, ich gehe eine rauchen«, verkündete Caren und verschwand.

»Rauchen Sie ruhig hier drin!«, rief Clemenza ihr nach, aber Caren war längst weg.

»Ungemütlich, dieses Rein und Raus.« Clemenza

trank von ihrem Wein. »Hm, gutes Stöffchen. Empfehlenswert.«

»Ex-Raucherin?«, fragte Dante mitfühlend.

»Sie sind ein gefährlich genauer Beobachter.« Die Kommissarin musterte Dante kritisch.

»Er ist nur ständig auf der Suche nach einer Gelegenheit, seine Genialität unter Beweis zu stellen«, beruhigte Katinka. »Denken Sie sich nichts dabei!«

Sie hörten, wie jemand durch den Korridor kam. Teddy Groh sprang schon auf.

»Der hat's aber eilig mit seinem Sax«, murmelte Katinka.

Harun tauchte auf, eine dicke Schicht Schnee auf Pudelmütze und Jacke. »Sorry, folks, aber ich habe noch einen Gast dabei!«

Eine Frau trat hinter ihm aus dem dämmrigen Gang. Sie nickte in die Runde, nahm den Schal ab, den sie zum Schutz vor dem Schnee um ihr Haar gelegt hatte.

»Du liebe Zeit«, gluckste Dante. »Wenn Haare erröten könnten …«

»Das ist die Einheitstunke dieser Altersgruppe, was wollen Sie eigentlich«, gab Katinka halblaut zurück. Das beißende Rot, mit dem der Friseur die Haare der Dame gefärbt hatte, stach sich mit allen anderen Farben im Pub, als würde der Schopf permanent mit Schwarzlicht beleuchtet. Die Unbekannte trug einen karamellfarbenen Ledermantel, der ihr bis weit über die Waden ging.

Nora guckte aus der Küche. »Ach, du Schande!« Ihr Ton klang nach Alarm, nach »Frauen und Kinder zuerst!«.

Clemenzas Kopf flog herum. Katinka stand langsam auf.

»Das ist Heidelore Engstler«, stellte Harun vor, indem er heftig mit den Augen rollte, als habe er eine Linie zu viel abbekommen.

Katinka schaltete sofort. Vor ihnen stand die Frau des Typs, der tot im Schnee lag. Sie ging langsam zur Theke.

»Frau Engstler, bitte setzen Sie sich.«

»Ich habe ihn schon gesehen!« Heidelore Engstler tastete sich zu einem Barhocker vor und setzte sich. Langsam streifte sie die Handschuhe ab und legte sie auf den Tresen. »Er lag da, sah so friedlich aus …, als wäre er einfach eingeschlafen!«

»Harun!«, rief Nora entsetzt. »Sag mal …!«

»Sie kroch auf allen Vieren die Straße runter. Suchte nach ihrem Mann«, verteidigte sich Harun. »Was sollte ich denn machen? Ich habe mich zum Durchgang vorgekämpft und sie reingerufen. Zurück nach Hause hätte sie es nicht mehr geschafft. Die Straße ist eine einzige Eisbahn. Und den Berg rauf geht absolut nichts mehr.«

»Ich habe ihn gesucht. Er wollte nur mal kurz um den Block.«

Nora machte »pffff« und griff nach der Flasche mit dem Cynar.

»Ich weiß, was Sie über meinen Mann denken.« Begierig streckte Heidelore die Hand nach einem leeren Stamperl aus und hielt es fest, als könne es ihr davonlaufen. »Er ist ein Querulant, ein Störenfried. Steckt seine Nase in alles rein, was ihn nichts angeht. Was glauben Sie denn, weshalb wir in der Nachbarschaft keine Freunde haben!«

»Abgründe à la carte«, murmelte Dante.

Nora goss eine Runde Cynar für alle ein. »Der geht aufs Haus.«

»Aber dass er da draußen erfriert – das hätte ich ihm nicht gewünscht.« Heidelore schüttelte den Kopf.

»Sie kann es noch nicht glauben«, flüsterte Dante Katinka zu. »Typisch für einen Schock. Sie hat einen Knick auf der Wirklichkeitsachse.«

Katinka nahm einen Schnaps von Noras Tablett. Es kam schon nicht mehr darauf an. »Danke. Wann ist Ihr Mann denn aufgebrochen?«

»So gegen halb sechs. Ein bisschen eher. Ich war gerade am Kochen. Man kann alles an ihm kritisieren, aber unpünktlich ist er nicht. Er kam sein Leben lang nie zu spät. Nur heute … da kam er gar nicht mehr.« Sie schlug die Hände vors Gesicht.

Nora legte die Hand auf Heidelores Arm. »Trinken Sie!«

»Hatte er gesagt, wo er hin will?«, erkundigte Clemenza sich in beiläufigem Ton.

»Nein. Er wollte um den Block.« Heidelore kippte ihren Cynar.

»Wie jeden Abend?«

»Fast jeden Abend. Er brauchte Bewegung und Frischluft. Wir machen beide gerne Sport.«

Von Nora kam eine Art Glucksen.

»Das können Sie nicht verstehen, Frau Molitor. Sie haben Ihre Interessen. Und wir haben unsere.«

»Um Klartext zu sprechen!« Nora richtete sich auf. Katinka fiel auf, dass sie ziemlich groß und kräftig war, wenn sie sich gerade hielt. Eine Tatsache, die ihre übliche schlaffe Körperhaltung allerdings kaschierte. Ob das Absicht ist?, fragte sich Katinka.

»Ihr Mann spionierte fast jeden Tag bei mir herum. Seit das Wetter so mies ist, hat er seine Erkundungsgänge verkürzt. Aber auslassen konnte er sie nicht.«

»Worauf war er denn aus?«, erkundigte Clemenza sich.

»Wollte mir was anhängen.«

»Und? Hätte es da etwas gegeben?« Clemenzas Augen glühten. Katinka erkannte, dass diese Situation genau die richtige Herausforderung für die

Kommissarin darstellte. Ihr Stoffwechsel hatte nun exakt die passende Betriebstemperatur. Halb offen, halb verdeckt spann sie ein Gewebe aus Fragen und Annahmen, in dem irgendeiner der Anwesenden irgendwann hängenbleiben würde.

»Arndt hatte einfach Angst, dass dieses Lokal hier …« Heidelore brach ab. »Geben Sie mir noch einen Schnaps. Bitte. Nehmen Sie mich nicht in Sippenhaft für meinen Mann.«

Nora schenkte nach. »Er fürchtete Lärmbelästigung durch besoffene Gäste. Bediente sämtliche Klischees in Bezug auf Kneipen und Restaurants, die die Welt kennt.«

»Lärm per se ist kein Klischee«, berichtigte Dante. »Das Klischee besteht darin, dass man allen Kneipen das Attribut ›laut‹ zuschreibt.«

Harun verdrehte die Augen. »Kann den mal jemand abschalten?«

»Unmöglich«, grinste Dante. »Ich habe noch eine zweite Stromversorgung.«

Katinka verschluckte ein Kichern. Allmählich fangen wir hier drin alle an zu spinnen, dachte sie.

»Sie wohnen doch nebenan«, sagte Clemenza zu Harun. »Wo denn genau?«

»In dem alten Lagerhaus. Das grenzt direkt an die Nebengebäude auf Noras Hof.«

»Sie haben keine Angst vor Lärm?«

»Ich gehöre zu Noras besten Gästen!«

»Wie ist die Nachbarschaft eigentlich gestrickt?«, fragte Clemenza weiter. »Mag man sich?«

»Es gibt ein paar Leute, die miteinander können. Nora, ich, und die WG, die ein Haus neben meinem wohnt. Tja. Hier leben halt ansonsten viele Singles, für die ist ein preiswertes Lokal in Laufnähe ziemlich nützlich. Zum Selberkochen kommt ja niemand mehr heutzutage.«

»Was aus diesem Etablissement hier wird, das muss sich noch erweisen«, erwiderte Heidelore pikiert. »Arndt geht davon aus, dass ein gediegenes Esslokal ...«

»Geben Sie es doch zu«, unterbrach Nora. »Ihr Mann war ein Nörgler der übelsten Sorte. »Er hat sogar Emma planmäßig sterben lassen!«

Katinka konnte förmlich spüren, wie Dante neben ihr zu vibrieren begann.

»Wollen Sie selbst erzählen?« Nora sah Heidelore Engstler von der Seite an. »Nur zu! Diesen Herrschaften hier«, sie machte eine ausladende Handbewegung, »graust vor nichts.«

»Nein, schießen Sie nur los«, widersprach Heidelore.

Nora räusperte sich entschlossen und fing an:

Emmas Fell

Der Sommer klebte zäh und faulig über den Feldern. Heidelore Engstler stand auf ihrer Terrasse aus offenporigem Marmor und blinzelte in die Sonne. Sie überlegte, ob es vernünftig sei, an einem heißen Tag wie diesem das Fahrrad zu besteigen und die üblichen 20 km Training abzuhaken, oder ob sie den Plan aufgrund des hohen Ozongehaltes in der Luft abändern sollte. Sie würde zwei Dosen Weißbier mitnehmen müssen, um ihren Mineralhaushalt funktionsfähig zu halten. Das Weißbier würde auf der Fahrt warm werden und ihr nicht schmecken. Arndt, ihr in jeder Hinsicht erfolgreicher Ehemann, pflegte ihr zu erläutern, dass das Weißbier weniger für den Genuss, als vielmehr aus gesundheitlichen Gründen auf jeder Radtour mitzuführen sei. Ein kaltes Weißbier in einem Gasthaus verweigerte Arndt, denn ihm missfiel die Gesellschaft von lustgeleiteten, unvernünftigen Menschen, die in Horden in die Biergärten strömten, anstatt ihre Pause so zu terminieren, dass sie wohlgeordnet, dem Wachwechsel am Buckingham Palace gleich, die Wirtshäuser aufsuchten.

Heidelore Engstler liebte zwei Dinge im Leben über alles. Zunächst war da Emma, der Hund. Ein herrliches Tier, ein Mischlingsweibchen, halb Retriever, halb Schnauzer, mit hingebungsvollen, brau-

nen Augen und einer sanften Schnauze. Dann liebte Heidelore Pläne, und vor allem solche, die eingehalten wurden. Ihr gesamtes Leben war eine Agenda aus vernünftig aufeinander abgestimmten Terminen, rationalen, nach Ursache und Wirkung ausgerichteten Handlungen. Sie hatte nichts gegen Spontaneität, denn sie kannte sie nicht. Sie hatte sich niemals in ihrem Leben treiben lassen. Sogar ihre beiden Söhne waren nach Plan entstanden, nach Plan geboren und erzogen worden. Heidelore hätte es gerne gesehen, wenn sie auch die Tatsache hätte planen können, Mädchen – und nicht Jungen – zur Welt zu bringen, denn, wie sie ihrer Nachbarin Sabrina erzählte, Mädchen blieben länger im Haus als Jungen. Beide Söhne waren sofort nach ihrem – selbstverständlich mit Auszeichnung bestandenen – Abitur ausgeflogen. Heidelore Engstler konnte nicht behaupten, ihre Söhne wirklich zu lieben. Sie segmentierte ihre Empfindungen den beiden jungen Männern gegenüber in positive und negative. Der jüngere, Micha, war ihr vielleicht vom Typ her näher als Norman, der ältere. Aber Micha hatte nun einmal den Fehler begangen, eine schlecht verdienende Kulissenmalerin vom Theater zu heiraten und besaß nach Heidelores Geschmack zu wenig Geld. Den Sohn, ein Baby von einem knappen Jahr, erzogen die beiden gänzlich falsch. Seine Mutter nahm ihn hoch, sobald er weinte, und fütterte ihn, wann immer er Hunger hatte. Heidelore hielt dies für völlig verfehlt. Der Knabe würde so bestimmt kein Gefühl für eine vernünftige Tageseinteilung bekommen. Micha und seine Frau ließen aber nicht mit sich reden. Sie zuckten nur die Schultern, wenn Heidelore sie darauf ansprach.

Heidelore schüttelte versunken den Kopf und strich sich das stützgewellte Haar nach hinten. Es erhob sich borstig von ihrem Kopf, unbeirrt nach oben strebend. Arndt fand ihre Frisur auch ausgesprochen vernünftig. »Weißt du«, hatte er ihr erklärt, »wenn wir im Winter Skilaufen gehen, dann kannst du deine Mütze aufsetzen und absetzen, so oft du willst, du wirst immer anständig frisiert sein.« Deswegen also die Stützwelle. Heidelore beneidete im Stillen, im Allerstillsten, die wüste, ungezähmte Lockenpracht ihrer Nachbarin Nora, ihre wallenden Sommerkleider, die sich schon mal in der Fahrradkette verwickeln konnten und schließlich von schwarzen Ölflecken geziert wurden. Nora schien das nichts auszumachen. Heidelore missbilligte Noras unzweckmäßige Sportbekleidung, die ihr immer dann in den Sinn kam, wenn sie sich mit ihrer und Arndts Fahrrad-Funktionswäsche beschäftigte. Zunächst hängte sie sie, wenn sie verschwitzt war, zum Trocknen auf dem Dachboden auf, um sie dann nach unten in den Wäschekeller zu tragen, wo sie sie mit einem extra gekauften – und nebenbei: teurem! – Spezialwaschmittel wusch.

Wenn Micha nur ein bisschen mehr nach ihrem Vater geraten wäre! Zielstrebig hatte dieser studiert, geracker, Verantwortung nicht gescheut, Einladungen gegeben. Er war Richter geworden, hatte bis zu seiner Pensionierung eine hohe Position am Oberlandesgericht innegehabt. Heidelore war mehr als stolz auf ihn. Genaugenommen liebte sie auch Arndt nicht. Sie hielt ihn für einen wahrhaft intelligenten, klugen, erfahrenen und verlässlichen Mann, und als diesen hatte sie ihn geheiratet. Dass Arndt ihren im Keim noch erhaltenen Rest an Kreativität und Kunstverstand letztlich völlig vernichtete, indem er ihre Fähigkeit, Pläne zu machen und einzuhalten, stärkte und perfektionierte, kam ihr nie in den Sinn. Manchmal sagte ihre Mutter etwas in der Richtung. Doch ihre Mutter litt an Altersdemenz. Mit ihr konnte man nicht mehr reden, fand Heidelore, und in einer schwachen, vorsichtigen Erinnerung gestand sie sich ein, niemals mit ihrer Mutter tatsächlich geredet zu haben.

Sie seufzte, ging ins Haus und verschloss fest die Terrassentür, woran Arndt sie jedesmal gewissenhaft erinnerte. Wir wollen die Hitze doch nicht ins Haus lassen.

Im Wohnzimmer überprüfte sie kurz die Anord-

nung der Brücken auf dem grünen Teppichboden. Arndt hatte bestimmt, dass sie in einem genau austarierten Winkel zu Möbeln und Fenstern drapiert werden sollten, und Heidelore hatte das sehr vernünftig gefunden. In der Küche, wo sie sich ein Glas Wasser einschenkte, roch es muffig nach dem Mittagessen, aber ein kurzer Blick auf die Uhr sagte Heidelore, dass es noch nicht an der Zeit war zu lüften. Arndt legte Wert darauf, dass das Küchenfenster erst geöffnet wurde, wenn die Temperaturen im Freien nicht mehr über 22 Grad lagen.

Emma strich zurückhaltend um ihre Füße. Der Hund war wahrhaftig wohlerzogen, nicht wie Noras kaltschnäuziger Spaniel mit den Flatterohren, der wild bellend am Gartenzäunchen entlangraste, sobald sich Zweibeiner oder Vierbeiner näherten. Kein Wunder, dachte Heidelore, bei der Erziehung. Emma war von ihr früh an Zeiten gewöhnt worden. Emma kannte ihren Fressplan genau, und sie verlangte nicht, außerhalb dieser Zeiten Futter oder Wasser zu bekommen. Es schien, als ob Emma in ihren braunen Augen das Begreifen trüge, dass es ohnehin sinnlos sei, zu unvorhergesehenen Momenten etwas zu verlangen. Im Übrigen hätte das die Gassi-Termine verschoben. Nur gestreichelt wurde Emma unabhängig von der Uhr.

Davon, dachte Heidelore, während sie sanft durch

das goldbraune Fell fuhr, sollte sich Norman einmal eine Scheibe abschneiden. Norman war Diplomat geworden und lebte in Uruguay mit Frau und Kindern. Er verdiente ansehnlich, obwohl er Heidelores Meinung nach zu Faulheit neigte. Die junge Familie hatte Personal für Haus und Garten und brauchte sich um nichts anderes als um ihre Kinder zu kümmern. Ihren Beruf als Dolmetscherin übte die Schwiegertochter nach wie vor aus, was Heidelore ehrlich bekümmerte. Sie war der Ansicht, dass Norman mit seinem erklecklichen Gehalt für seine Familie zu sorgen hatte! Heidelore verspürte einen kurzen Anflug von Betrübnis. Sie selbst hatte keinen Beruf, denn Arndt hatte das nicht für nötig gehalten. Und schließlich verdankte sie Arndt alles. Ihre Familie, das Haus, ihren Status, ihr ganzes klug organisiertes, vernünftiges Leben, in dem weder Zeit noch Energie verschleudert wurden.

Heidelore klopfte Emma ein letztes Mal auf das runde Hinterteil und ging in den Keller, um sich die Fahrradfunktionswäsche anzuziehen. Sie packte zwei Dosen Weißbier in die Satteltaschen, schloss das Haus ab, sich kurz von Emmas traurigem Nimm-mich-mit-Blick verabschiedend, aber natürlich gebärdete der Hund sich nicht, er zog sich klaglos, wie es sich gehörte, auf seine Matte zurück.

Während sie die Laurenzistraße hinunterrollte,

warf sie kurz einen Spähblick in Noras Hinterhof. Alles sah vermodert und unansehnlich aus, die Pflanzen wuchsen frei und ungehindert über Wege hinweg, der Spaniel suhlte sich in einer Art Planschbecken. Heidelore schüttelte den Kopf und stieg kräftig in die Pedale. Ihre Hüftarthrose konnte sie so gut in Schach halten, mit nur 20 km Radfahren am Tag und regelmäßigem Schwimmen im städtischen Hallenbad. Sie stand früh auf, mit Arndt, der auch als Pensionär um sieben Uhr am Frühstückstisch saß, und fand sich schon wenige Minuten nach acht am Schwimmbad ein. So vermied sie den großen Ansturm der Rentner, die gegen zehn eintrafen und das Becken für Heidelores kraftvolle, energische Schwimmstöße unpassierbar machten. Sie hatte Nora mehrfach aufgefordert, sie dienstags und donnerstags zum Schwimmen zu begleiten. Aber die wollte nicht, sie verwies sogar ganz freimütig auf ihren trägen Tagesbeginn. Heidelore hätte sich in Grund und Boden geschämt.

Sie radelte durch die Innenstadt, nahm den Weg am Main-Donau-Kanal entlang, stellte ihren Fahrradcomputer ein und maß mit halbem Auge Kilometerzahl, aktuelles Tempo, Durchschnittsgeschwindigkeit und Energieverbrauch. Nach ungefähr zehn Kilometern, knapp hinter Viereth, hielt sie an, knackte die erste Dose Weißbier und trank in resoluten Zügen die gelbe, in der Hitze dampfende Flüs-

sigkeit. Sie entsorgte die Dose pflichtbewusst in einer Plastiktüte, die sie in ihren Satteltaschen mitführte, öffnete die zweite Dose und leerte sie mit angeekelt zusammengekniffenen Brauen. Sie sollte Arndt vorschlagen, eine Kühltasche für das Fahrrad anzuschaffen. Es könnte jedoch sein, dass gekühlte Getränke bei dieser Hitze kontraproduktiv wirkten, indem sie den Körper letztlich anregten, sich noch mehr aufzuheizen. Sie würde wirklich Arndt fragen müssen, er würde es auf alle Fälle wissen.

Sie drehte das Fahrrad um, schwang sich in den Sattel und legte den Rückweg in etwa der gleichen Zeit zurück wie den Hinweg. Stolz überholte sie ein Frachtschiff, das träge durch das braune Kanalwasser stampfte. Zu Hause hängte sie die Radfunktionswäsche zum Ausdunsten auf den Dachboden, duschte und schlüpfte in ihre Jeans, um Emma Gassi zu führen.

Emma litt an Arthrose, wie Heidelore auch, und manchmal dachte sie darüber nach, ob sie sich beide aneinander angepasst hatten, aus Sympathie, oder um ihre Zweckgemeinschaft in einem Haus ohne Liebe und Freude erträglich zu machen. Emma jedoch konnte ihre Arthrose nicht durch regelmäßiges Radfahren oder Schwimmtraining hinauszögern. Sie hinkte extrem, vor allem mit dem linken Hinterlauf, den sie manchmal nachzog, als existierte er über-

haupt nicht, und es fehlte nicht viel, und Emma hätte ihn vermutlich abgeworfen wie ein Spinnenbein.

Heidelore brachte Emma zurück ins Haus. Sie zerdrückte eine Schmerztablette, mischte sie unter das Fressen und stellte Emma den Napf hin, wobei sie ein Stück Küchenkrepp unterlegte. Dann nahm sie ihren Hausschlüssel und machte sich auf den Weg, um Arndt vom Bahnhof abzuholen. Arndt traf sich alle paar Wochen mit seinen ehemaligen Kollegen. Er handhabte das wirklich klug, denn er fuhr zu den unterschiedlichen Treffpunkten umweltschützend mit der Bahn. Auf diese Weise benötigten sie das Auto nur selten, es musste folglich nicht so oft geputzt werden. Heidelore ärgerte sich über Noras schmuddeligen Wagen – noch dazu ein italienisches Modell, als gebe es nicht solide, deutsche Autos –, der innen so fleckig wie außen staubverkrustet war, und einmal, als Nora sie mit zum Fränkischen Theatersommer genommen hatte, sah sich Heidelore gezwungen, ein Handtuch unterzulegen, bevor sie sich auf dem Beifahrersitz niederließ, um ihr weißes Leinenkostüm nicht schmutzig zu machen.

Arndt mochte es im Übrigen nicht, wenn Heidelore ihn mit dem Wagen abholte. Er hielt es für gesünder, den Weg nach Hause zu Fuß zurückzulegen. Sein ganzes Berufsleben lang hatte er eine sitzende Tätigkeit ausgeübt. Außerdem hatte er vor Kurzem den Lack ihres BMW mit einem speziellen Pflegemittel imprägniert, und da war es am besten, wenn das Auto noch eine Weile in der Garage stand, geschützt vor Blattwerk und Insekten, die augenblicklich ihr Unwesen trieben und dem frischen Überzug eventuell hätten schaden können.

»Emma geht es nicht gut«, sagte Heidelore auf dem Heimweg zu Arndt. Sie spielte mit dem Gedanken, dem Hund eine Spritzenkur bei einem renommierten, naturheilkundlichen Tierarzt zu gönnen, damit die betroffenen Gelenke aufgebaut und Emmas Schmerzen gelindert würden. Hier lag eines der wenigen Schlaglöcher in ihrer Beziehung verborgen. Arndt hatte Heidelore geduldig erklärt, dass Emma alt sei, zu alt für einen Hund, mit ihren elf Jahren. Heidelore wollte jedesmal einwenden, zehn, Emma war erst zehn, aber sie musste sich täuschen, denn Arndt besaß ein außergewöhnlich gutes Gedächtnis für Sachverhalte, die sich in Zahlen ausdrücken ließen.

»Wir sollten daran denken, Emma bald einschläfern zu lassen«, sagte Arndt jetzt, während er seine Beine weit ausschreiten ließ, so dass Heidelore sich beeilen musste, an seiner Seite zu bleiben.

Sie mochte den Gedanken nicht, dass Emma in absehbarer Zeit nicht mehr da sein würde. Gut, sie hatte Schmerzen, und manchmal fraß sie nicht, kein gutes Zeichen bei einem Hund. Sie war auch so lang-

sam geworden und genoss lange Spaziergänge kaum noch. Aber einschläfern? Heidelore wollte diesen Gedanken schnell vertreiben. Wen würde sie lieben, wenn nicht Emma? Irgendwo in ihrem Kopf wagte sich die Erkenntnis ein paar Zentimeter ans Tageslicht, dass man Pläne nicht lieben und auch nicht streicheln könne. Sie beschloss, das Thema erst einmal nicht mehr anzuschneiden, und lenkte Arndt in eine weniger verhängnisvolle Richtung. Der Garten war zu mähen und der Zaun zu streichen. Arndt würde das am Wochenende in Angriff nehmen.

Heidelores Leben wäre weiter diesem gemächlichen Pendelschlag zwischen Arndt und Emma, Fahrradfahren und Schwimmbad gefolgt, wenn nicht Arndt eines Abends davon sprach, dass es an der Zeit wäre, Norman in Uruguay zu besuchen. Heidelore und Arndt hielten es beide für notwendig, ihren Sohn und natürlich auch seine Familie einmal im Jahr zu sehen. In den geraden Jahren flogen sie nach Südamerika, in den ungeraden kam Norman mit Anhang. Heidelore überlegte, ob es eine Unpässlichkeit gebe, die es ihr erlauben würde, zu Hause zu bleiben. Sie mochte ihre Schwiegertochter nicht, sie mochte das ganze unverständliche, fremde Land in der Neuen Welt nicht, sie fürchtete sich vor dem Flug und den daraus resultierenden Eventualitäten wie Entfüh-

rung, Absturz und Thrombose. Das Essen, das Normans Frau kochte, vertrug sie schlecht, und sie verstand es nicht gut, sich einem anderen Lebensrhythmus anzupassen, was sie mit ihrem fortgeschrittenen Alter erklärte. Sicher würde Arndt darauf bestehen, dass sie mitkam.

»Aber was machen wir mit Emma? Ich kann sie in diesem Zustand nicht gut in Pflege geben, denke ich«, sagte Heidelore mit einem Seufzer der Erleichterung in ihrem Innern.

»Dann bleibt uns wohl wirklich nichts anders übrig, als sie endgültig einzuschläfern«, erwiderte Arndt.

Einige Tage später brachte er zwei Flugtickets nach Montevideo mit, die für den dreißigsten Juli ausgestellt waren. Am 25. holte er den Spaten aus der Gerätehütte und schaufelte Emmas Grab hinten bei der Ligusterhecke. Heidelore verdrückte ihre Tränen in Emmas Fell. Sie hatte das teuerste Hundefutter mitgebracht, das Emma nun vertilgte, verwundert über die ungewohnte Gesellschaft bei ihrem Fressen, das sie üblicherweise allein in der Küche einnahm. Heidelore kraulte ihren Hals und Emma blickte sie verständnisvoll an. Sie hatte erkannt, dass ein Menschenleben eine schwierige, zuweilen schmerzvolle Prüfung darstellte, der man sich nicht entziehen konnte, es sei denn, man war ein Haudrauf, ein Hallodri, ein

Penner, Gauner, Alkoholiker oder sonst eine Unperson.

Am 27. kam der Tierarzt, der Emma untersuchte und pietätvoll vorschlug, dass die Eheleute Engstler Abschied von der Hündin nahmen, während er die Spritze aufzog, sich dann aber zurückzögen. Emma kaute krachend auf ihrer Henkersmahlzeit, einigen trockenen Hundekuchen, herum und verabschiedete sich von Heidelore, indem sie die Ohren anlegte und sich streicheln ließ. Arndt, der das Zimmer bereits verlassen hatte, um dem Tierarzt das Startsignal zu geben, sah sie mit Augen nach, in denen die Erkenntnis zu lesen war, dass das Verhalten bestimmter Arten sich jedem Verständnis entzog, und dass man sie daher bestenfalls beobachtete, um ansonsten an ihnen vorbeizuleben.

Arndt packte die tote Emma in einen blauen Müllsack und bestattete das Tier bei der Ligusterhecke.

Heidelore brauchte zwei Tage, um alles Nötige für die Reise nach Südamerika zu packen. Sie vermisste Emma, aber Arndt hatte sie darauf hingewiesen, dass sie sehr viel zeitsparender mit dem Haushalt fertig würde, wenn sie nicht mehrmals am Tag mit dem Hund Gassi gehen, ihn nicht füttern, seine Fressnäpfe nicht ausspülen müsste und so weiter.

Am Abend vor dem Abflug, dem neunundzwanzigsten, schlüpften Heidelore und Arndt zum letz-

ten Mal in ihre Fahrradfunktionswäsche, um ihr allabendliches Training zu absolvieren, für das sie nun drei Wochen lang keine Gelegenheit finden würden. Arndt fuhr voraus. Sie hatten sich eine Strecke von vierzig Kilometern vorgenommen, und Arndt wählte den Radweg nach Baunach, bog dann vom Fluss weg einen steilen Hang hinauf. Nach exakt zwanzig Kilometern hielten sie, tranken ihr Weißbier aus, verstauten die leeren Dosen in der vorgesehenen Plastiktüte, bestiegen die Räder und rollten den Weg zurück, diesmal angenehm von der Schwerkraft geschoben. Arndt trat dennoch kräftig in die Pedale, um dem sportlichen Nutzen gerecht zu werden. Heidelore versuchte mitzuhalten. Sie fühlte sich von den 2-mal 0,25l Weißbier-Einheiten schläfrig, und wenn sie jemals in ihrem Leben betrunken gewesen wäre, hätte sie gewusst, was für ein Gefühl sie gerade beschlich. Die Weizenähren rechts und links des Weges schienen zu wachsen und zu wachsen, als wüchsen sie geradewegs in Heidelore hinein, und pfeilschnelle, aggressive Vögel umflogen sie, so dass sie eine Hand vom Lenker nehmen musste, um sie zu verjagen. Sie überlegte, ob es sich hier um Mauersegler handelte, und beschloss, gleich zu Hause in Brehms Tierleben nachzusehen. Nebel stiegen in der Abendhitze auf. Trotz der leichten, auf körperliche Anstrengungen abgestimmten Funktionsbekleidung fühlte sie sich wie in Watte gepackt. Es fiel ihr schwer, das Gleichgewicht zu halten, wie sie so mit dem linken Arm die Vögel verscheuchte und stramm in die Pedale trat. Als wolle das Fahrrad sich zur Seite neigen, so kam es ihr vor, und mit einem Mal erkannte sie die Täuschung: Sie segelte auf einem Boot, und während sie sich noch an der frischen Meeresbrise erfreute, vernahm sie ein Bellen, ein kurzes, raues Bellen. Emma hatte schon lange nicht mehr gebellt, aber dennoch schien es genau Emmas Bellen zu sein, und während Heidelore noch den flatternden Segeln auswich, sah sie weit in der Ferne Arndts breiten Rücken, aus dem sich ein Hundegesicht löste, Emmas braune Augen, ein ergrautes Kinn, Emma, die flink auf Heidelore zujagte, an ihr hochsprang, das Segelboot zum Kentern brachte, und Heidelore begann sich zu wundern, wie angenehm kühl und erfrischend das klare, grüne Wasser sie und ihre Emma umspülte, nachdem sie die Reling des Bootes endlich losgelassen hatte und sie sich – an Emmas grünes Fell geklammert – in den Ozean hinaustreiben ließ.

*

»Boah, das haut ja rein!« Dante war naturgemäß der Erste, der aus seiner Erstarrung aufwachte.

»Ich hatte einen Schwächeanfall. Nur einen kleinen. Die Hitze! Unbedeutend.« Heidelore trank den dritten Schnaps und hielt sich dabei mit einer Hand am Tresen fest. »Wenigstens musste ich dann nicht nach Uruguay fliegen. Die Reiserücktrittskostenversicherung ist eingesprungen.«

»Tröstlich«, murmelte Clemenza.

»Schultern und Ellenbogen waren geprellt, ich hatte ein paar Schrammen und Verdacht auf Gehirnerschütterung, nichts weiter.« Heidelore Engstler machte eine Handbewegung, als spräche sie von einem schadhaften Schnäppchen zum Winterschlussverkauf.

»Sie haben Ihren Mann gehasst«, stellte Katinka fest.

»Gehasst? Ich habe ihn geliebt. Zu viel vielleicht. Aber umgebracht habe ich ihn nicht, falls Sie das jetzt denken.«

»Nein, dazu fehlt den meisten Frauen der Mumm«, bestätigte Dante.

Caren, die die ganze Zeit, während Heidelore erzählt hatte, an der Theke gelehnt hatte, kam drohend auf Dante zu. »Pass auf, Bürschchen! Noch deckt der Schnee alles zu!«

»Wir wollen mal nicht übertreiben.« Clemenza war aufgestanden. »Hatte Ihr Mann Feinde?«

»Er hatte jedenfalls keine Freunde.« Dante war einfach nicht zum Schweigen zu bringen.

»Der Umgang mit jemandem wie Arndt ist nicht

unbedingt erbaulich.« Heidelore schlüpfte endlich aus ihrem schweren Mantel. Dabei geriet sie auf ihrem Barhocker ins Wanken. Caren stand schon hinter ihr und hielt sie fest.

»Kennen Sie diesen Mann?« Katinka zeigte auf Walt, der die Diskussion mit offenem Mund verfolgte.

»Nein.«

»Ich sage Ihnen doch, ich habe mit all dem nichts zu tun!«, blökte Walt.

»Haben Sie Arndt Engstler im Hof herumschleichen sehen?« Clemenza ging auf Walt zu, nahm die Blätter, die er schon beschrieben hatte, in die Hand und betrachtete sie kritisch. »Orange Blossom schreibt sich mit ›o‹. Bloss-o-m. Nicht Bloss-e-m.«

»Sie können mich mal.«

»Sie mich auch.« Clemenza setzte sich neben Walt und legte ihm in einer kameradschaftlichen Geste den Arm um die Schultern. »Nun kommen Sie schon: Sie haben nach Ihrem mysteriösen Kumpel Ausschau gehalten. Vielleicht haben Sie sogar gedacht, Engstler wäre Ihr Mann!«

»Dzdz«, machte Walt. »Natürlich nicht.«

»Warum nicht? Weil der, auf den Sie warteten, einfach ganz anders gebaut war? Oder haben Sie ihn auch erledigt? Liegt der vielleicht auch tot im Schnee? Haben wir ihn nur noch nicht gefunden?«

»Quark!«

»Wer hat Ihnen die Zeichenmappe übergeben?«

Walt presste die Lippen aufeinander. »Ich sag gar nichts mehr.«

»Ach, das mit den Zeichnungen, die Sie als Ihre ausgeben wollten«, wiegelte Clemenza ab. »Das ist keine große Sache. Wenn Sie die Angelegenheit in Ordnung bringen, gibt's wahrscheinlich gar keine Anzeige. Jedenfalls nicht gegen Sie.« Die Kommissarin hob die Stimme. »Aber einen Mord zu decken, nicht mit den Behörden zusammenzuarbeiten, den Mörder zu kennen und …«

»Ich kenne den Mörder nicht! Teufel auch! Sladko ist so ein Hohlbohrer! Der kann nicht mal bis drei zählen.«

»Sladko – wie noch?«

»Grmpf«, machte Walt.

»Wo sollen wir denn Ihrer Meinung zufolge nach Sladko suchen?«

Im Club wurde es still. Das Schweigen brach erst Teddy Groh, der seinen Blick auf Harun richtete und fragte: »Sagen Sie, könnten Sie sich jetzt mein Sax ansehen?«

19:55

Katinka sah Harun und Teddy im Herrenklo verschwinden. »Was wird das denn?«

»Die beiden brauchen einen komplett dunklen

Raum, dann führt Harun eine Lampe in die Tröte und checkt, wo unvermutet Helligkeit rausquillt«, dozierte Dante.

»Sie wissen aber auch zu allem was!«

»Wo ist eigentlich der Spaniel?« Dante sah lauernd zu Nora.

»Überfahren worden. Vor ein paar Wochen.« Nora nestelte an ihren Locken.

Katinka setzte sich zu Walt an den Tisch. Er hatte mit mahlenden Kiefern bereits vier Speisekarten geschrieben:

Orange Blossom

Muschelsuppe

Bayerischer Ochsenmaulsalat

Lammcurry orientalisch

Lebkuchensterne auf Vanille-Mascarpone mit Rumtopf

»Sieht hübsch aus.«

»Sie regen mich auf.«

»Nun kommen Sie schon aus der Reserve. Wir lassen ja doch nicht locker.«

»Ich habe Trude Nüssleins Skizzen gekauft. Zufrieden? Gekauft. Das ist nicht verboten in Deutschland. Kunst käuflich zu erwerben.«

»Wie viel haben Sie denn gelöhnt?« Katinka zählte die Blätter. »18 Bleistiftzeichnungen. Sagen wir, 100 Euro pro Skizze? Wäre ja extrem billig.«

»Allerdings«, mischte sich Dante ein. »Ich habe gerade mal ein wenig weitergefahndet im weltweiten Gewebe. Es gibt Galeristen, die für eine einzige Zeichnung der Künstlerin bis zu 600 Euro zu zahlen bereit sind.«

»Also 600 mal 18 – das gibt einen netten Betrag von knapp 11.000 Euro. Hatten Sie die in der Manteltasche?«, erkundigte sich Katinka.

»Und wer besitzt die Scheine jetzt?« Dante schob sein spitzes Gesicht in Walts Blickfeld. »Hm? Der Hohlbohrer?«

»Der sich hier irgendwo eingenistet hat? Hoffentlich kriegt er nicht mit, wie Sie ihn reingelegt haben. Denn man hat gehört, dass Trude Nüsslein außerordentlich schaffensfroh war und sicherlich noch einen Vorrat an Bildern auf ihrem Speicher hat.« Katinka lehnte sich zurück. Es machte richtig Spaß, gemeinsam mit Dante dem immer zappeliger werdenden Walt auf den Zahn zu fühlen.

»Sagen wir mal, Sladko steht die meiste Zeit seines Lebens auf dem Schlauch und braucht eine Weile, um Zahlen in ihrer ganzen Pracht und Wertigkeit zu durchschauen. Sie haben ihm höchstens 2000 Piepen gegeben. Er kriegt nun raus, dass das ganze Geschäft ihm mehr als fünfmal so viel hätte bringen können!« Dante rieb sich vor Begeisterung die Hände. »Eine Kanaille wie Sladko fackelt nicht lang. Im Gegenteil: Er holt sich ein Küchenmesser und kommt zur Sache.«

»Zum anderen frage ich mich, warum Sie überhaupt Kohle investieren wollen, um die Zeichnungen von Trude Nüsslein aufzukaufen«, machte Katinka weiter. »Für Ihr Wohnzimmer?« Sie beugte sich vor und sah Walt direkt in die Augen. »Das können Sie doch selbst nicht glauben!«

»Und selbst ein Hohlbohrer Marke Sladko würde mitkriegen«, schlug Dante in die Kerbe, »dass Walt Meier sich einen Namen machen will. Auf Kosten der Künstlerin. Für billig. 100 Euro pro Skizze sind eigentlich geschenkt.«

Walt Meier war ein harter Brocken. So schnell taute der nicht auf. Katinka lächelte ihn zuckersüß an: »Das Geschäft haben wir Ihnen doch längst versaut. Im Zeitalter des Internets nimmt Ihnen kein Galerist mehr die Skizzen ab! Weil sich so was nämlich herumspricht.«

»Es sei denn, Sie beteiligen den Galeristen ausgesprochen großzügig an Ihren Einkünften.« Dante nickte und blickte gedankenverloren in die Ferne. »Bloß zu dumm, dass ich die Fotos von den Zeichnungen schon bei Flickr eingestellt habe …«

Walt sprang auf und hechtete sich auf Dante. In seinem dunklen Mantel, aus dem der weiße Pulli spitzte, sich rund über einem kolossalen Bauch wölbend, sah er aus wie ein Orka, der seine Beute durch gezielten Körpereinsatz außer Gefecht zu setzen trachtete. Clemenza und Caren waren sofort zur Stelle. Sie hielten Walt fest, während Katinka dem unter den Tisch gerutschten Zeitungsmann aus Leidenschaft aufhalf.

Wahrscheinlich hätte im Tumult gar niemand den schmächtigen Kerl bemerkt, der auf Zehenspitzen von der dunklen Tribüne herabkam, an die Wand geschmiegt wie ein Eichhörnchen, wenn nicht Harun und Teddy ausgerechnet in diesem Moment durch den Korridor beim Herrenklo gekommen wären.

»He, halt!«, schrie Harun. »Wohin des Wegs?«

Teddy packte den Dünnen am Kragen. Nora kam aus der Küche, verschwitzt, ein Geschirrtuch in der Hand. »Dich kenn ich doch!«

Der Schmächtige knickte ein. Es war, als hätte ihm jemand die Luft herausgelassen. »Blöde Scheiße«, murmelte er, als sei es ihm egal.

»Präzise ausgedrückt«, bestätigte Katinka, nahm Harun den Delinquenten ab und brachte ihn zu Walts Tisch.

»Was haben Sie beide sich zu sagen?«

Walt starrte auf den Boden.

»Dreckiger Betrüger«, presste der dünne Bursche hervor. Aber die Empörung kaufte ihm niemand ab.

»Da ist nicht viel zu machen, bei maximal zwei Gehirnzellen«, stellte Nora fest. »Ich sag ja: Ich kenne ihn. Hallo, Sladko, alter Kumpel!«

Der Hänfling murrte verdrossen vor sich hin, während Nora die nächste Anekdote vor den Anwesenden ausbreitete:

Zum Orinoco!

Ich bin die Knallerbse der Nation und alle nennen mich Feger. Mit mir kann man's ja machen. Ich gehöre nämlich zu den Benachteiligten der Gesellschaft, aber bisher habe ich es noch nicht geschafft, mir die Opferrolle zunutze zu machen. Zwar sind die Menschen zu Weihnachten spendenbereit, will heißen, sie kaufen auch mal eine Straßengazette von einem Obdachlosen, wenn der mit dem Wort »Nächstenliebe« klickert wie mit einem Mund voll Silberlingen. Aber man sollte lieber nicht zu viel erwarten.

Ich wohne im Hinterhof eines verruchten Hauses. Im Erdgeschoss brutzelt eine Pizzeria und im ersten Stock lassen ein paar Junkies ihren Dunst ab. Mein Nahrungsbedarf orientiert sich vor allem an der Pizzeria. Dort ist es warm und man steckt mir so alles Mögliche zu: Sogar die Plastikfolie der Teigrohlinge ist halbwegs essbar, wenn mit superscharfen Peperoni und ein bisschen Tomatensoße garniert. Ich habe eine sehr feine Nase. Der Nachteil meines Etablissements ist, dass mir der Abzug der Pizzeriaküche direkt in meinen Unterschlupf ragt. Doch für diesen Winter habe ich nichts Besseres gefunden, und die Typen aus der Pizzeria rufen mich Feger und werfen mir vor, dass ich es doch gut hätte. Ich müsste ja nichts arbeiten, während sie die halbe Nacht in der Küche und am Vormittag im Großmarkt stehen, und den Leuten, die es zu Hause nicht mehr aushalten, Pizza alle Vongole backen müssen. Übrigens sind die Vongole-Büchsen die einzigen, die ich links liegen lasse. Jeden Mist lasse ich mir wirklich nicht andrehen. Mag sein, dass der scharfe Geruch verschwunden ist, wenn die Vongole heiß sind. Aber kalt treiben sie meinereinen in die Flucht.

Da ich arbeitslos bin, habe ich eine Menge Zeit, mich in der Fußgängerzone herumzutreiben und in der Winterkälte von einem warmen Land zu träumen. Oder wenigstens von warmen Zimmern. Und so bin ich auch auf die ultimative Weihnachtsgeschenkidee gekommen. Eigentlich ist es ja so, dass ich sowieso außen vor bleibe. Ich meine, niemand erwartet von mir ein Weihnachtsgeschenk, auch nicht zwei, und so bin ich eine Menge Stress gleich wieder los, obwohl ich mich von dem Hullygully in der Stadt doch jedes Jahr von neuem mit Panik anstecken lasse. Aber Geschenke gehören einfach zu Weihnachten.

Der dünnlippige Koch aus der Pizzeria legt mir schon mal eine Wurst raus. Dann ruft er mich: »Feger!«

Ich möchte auf den Namen nicht hören, denn ich heiße ganz anders. Gleichwohl kann ich mich an meinen früheren Namen nicht mehr erinnern. Also bleibt's bei Feger. Huch, ich komme vom Thema ab. So viel möchte ich aber dennoch hinzufügen: Ich fege nichts. Mein Fell ist kurz, schlecht gepflegt, aber bei meiner Situation, was wollen Sie machen... Mein Schwanz ist kurz. Mit Verlaub, der Schwanz, der wedelt. Der andere? Von dem spreche ich hier nicht. Diskretion. Meine Ohren sind ebenfalls kurz, dafür erfüllen sie auch die Aufgabe, für die sie erzeugt wurden, prächtig, was man bei manch anderem Zeitgenossen nicht sagen kann. Der Koch hört nicht mal die Ratten, die den gelben Sack mit dem Plastikmüll anknabbern. Übrigens heißt der Kerl Sladko, und da lob ich mir sogar noch Feger.

Während ich eines Nachmittags in der Fußgängerzone so um die Glühweinstände herumschlich und die Einkaufstüten abschnüffelte, kam ich auf die Idee mit dem Geschenk. Mit dem komischen roten Gesöff im Bauch und im Kopf kriegen manche Menschen das gar nicht spitz, wenn ihre Tüten aufgeknabbert werden. Auf diese Weise organisierte ich eine Wurst für Kater Roy und ein paar Kleinigkeiten für mich persönlich, um meine Vorratshaltung auf Vorder-

mann zu bringen. Einmal wurde ich entdeckt. Das war genau auf der Alten Rathausbrücke, wo die Leute immer stehen bleiben, um die tolle Aussicht auf Klein Venedig zu bewundern. Die Sache war peinlich. Mein kurzer Schwanz hat mich gerettet (der zum Wedeln!) und außerdem ein scharfes Bellen in die richtige Richtung. Dann stromerte ich ein paar Tage nicht dort herum.

Aber die Wurst schmeckte gut und Roy freute sich. Die Schnurris sind ja sehr eigen, aber Roy hat erstens Manieren und kennt zweitens die Realität. Mit seinen zweiundzwanzig hat er die besten Jagdzeiten hinter sich. Selbst die langsamste Blaumeise schlägt ihn um Längen. Wahrscheinlich wird Roy es nicht mehr lange machen. Wir philosophierten über das Leben und das Sterben und wie man das eine wie das andere erträglich machen könnte. Am 22.12. sprachen wir außerdem über Geschenke. Wie wir drauf kamen? Na klar, Frauen. Roy berichtete von einer seiner früheren Flammen. Er hatte ja Frauen noch und nöcher. Und wie gerne er sie wiedersehen wollte und ihr eine Maus bringen. Nur eine kleine, müde Maus. Ich sagte was von den Ratten, die sich manchmal aus Gier vor der Pizzeriaküche gegenseitig totbeißen, und ob so eine Ratte nicht ein angemessener Ersatz sein könnte, aber davon wollte Roy nichts wissen.

Wir machten noch ein wenig höfliche Konver-

sation, dann zog ich von dannen. Geschenke. Und Frauen.

Der Punkt war nämlich, dass ich seit Oktober eine neue Liebe ausgeguckt hatte. Eine Schönheit, groß und schlank, verträumt und von außergewöhnlicher Sehnsucht im Herzen. Wie ich das feststellen kann? Meine Art kann. Glauben Sie es oder nicht. Aber Menschen meinen ja immer, ihr mit Bier, Pizza, Glühwein und Plätzchen abgefüllter Körper sei das einzige Geistesgefäß auf der Erdkruste. Sie täuschen sich, Herrschaften, Sie täuschen sich. Egal. Ich hatte mich im Oktober verliebt, im November mein Herz vollkommen verloren, und im Dezember litt ich die Höllenqualen der Verliebten.

Ahnen Sie das Problem?

Ich hatte mich in eine Menschenfrau verguckt!

O ja, Roy redete mir ins Gewissen. Kann nicht gut gehen. Unüberbrückbare Gegensätze. Ihm gegenüber tat ich dann so, als hätte sich die Sache von selbst erledigt. Aber im Herzen, im heißen, klopfenden Herzen… da liebe ich ihre Waden so sehr, ihren geblümten Rock, ihre ausgeflippten Wollmützen. Sie riecht nach Lavendel und Jasmin.

Sie heißt Nelly. Nelly kommt immer per Fahrrad. Sie hat einen Job, und zwar verteilt sie die Stadtmagazine. Sladko sammelt die Hefte ein, öffnet die Mülltonne und schmeißt sie rein. Einer wie Sladko ist das

Papier nicht wert, auf dem die Texte gedruckt sind. Er kann wahrscheinlich nicht lesen, nicht mal, ob Vongole auf der Packung steht oder Bami Goreng. Sein Körpergeruch besteht aus einer Mixtur aus rohem Fleisch, Schweiß und etwas anderem, männlichem, das wahrscheinlich täglich mehrmals aus ihm rausplatzt. Am allerwenigsten ist er aber den Abdruck von Nellys Hand wert, deren Spur ich noch Tage später rieche. Wenn das Stadtmagazin im Müll liegt, springe ich gegen die Tonne, bis sie umfällt, schnappe mir so viele Zeitungen wie möglich – die Pizzeria kriegt immer gleich einen ganzen Stapel – und ziehe mich damit in meinen Unterschlupf zurück. Zeitung hilft gegen Kälte, aber noch wichtiger ist der spirituelle Mehrwert von Nellys Handabdruck. Bis das Aroma verblasst ist, kommt Nelly wieder und ich bekomme Schnuppernachschub.

Was für eine intensiv erlebte, helle Zeit! Und Weihnachten als glühendes Licht am Ende.

Ich würde Nelly schenken, was ihr Herz begehrte. Ich träumte so ein bisschen herum, kam aber nicht recht darauf, was Frauen sich wünschen. Ganz doof bin ich ja nicht und ahnte bereits, dass Wurst oder Fleischteile aus der Pizzeria nicht in Frage kommen würden. Ich fragte Roy.

»Ein Haustier«, dozierte er. »Frauen wünschen sich ein Haustier. Aber man muss den richtigen Zeit-

punkt erwischen. Haben sie gerade eine Beziehung zu einem Mann aufgebaut, musst du abwarten, denn dann haben sie keine Zeit für das Tier. Jedenfalls nicht für euch Kläffer, denn euch muss man Gassi führen, während wir von der Spezies der Katzen…«

Ich ließ ihn quatschen. Er war älter als ich, also hielt ich den Mund, obwohl ich es unfein finde, über die Ausscheidungsvorgänge anderer zu reden. Das viel Wichtigere war jedoch: Ich hatte endlich die rettende Idee. Ich würde Nelly ein Haustier schenken. Mich selbst! Ob sie in einer Beziehung zu einem Mann stand?

Ich weiß alles über Liebesbeziehungen zwischen Menschenmännern und -frauen. Das ist einfach. Im Sommer sitzen die Pizzeriagäste draußen im Hof unter Sonnenschirmen. Ich muss nur zuhören. Das Fazit aus all den therapeutischen Plaudereien ist, dass das Zusammenleben der Geschlechter eine Art Vorhölle darstellt. Der Tag als Paar beginnt mit Schwierigkeiten und endet im Hades. Ich folgerte aus allem, was ich von den Menschen und von Roy gehört hatte, dass nur Singles die ideale Personengruppe sind, um mit einem Tier beschenkt zu werden. Hundertprozentig war Nelly Single! So beschwingt, so selig, wie sie auf ihrem Fahrrad daherrollte, ein Liedchen trällernd, und mit welcher Verve sie die Magazine vor den Kücheneingang segeln ließ!

Nachdem ich endlich beschlossen hatte, dass ich mich Nelly schenken würde, hatte ich einige weitere Probleme. Ich musste Nelly abpassen. Sie brachte die Zeitungen donnerstags. Donnerstag war schon morgen, und das war wiederum ein Tag vor Heiligabend. Mir blieb nichts übrig, als in rasender Eile meine Vorbereitungen zu treffen. Wie würde ich ihr auffallen? In meiner Schüchternheit zog ich mich immer, wenn sie kam, in meinen Unterschlupf zurück. Die Hemmung musst du mal ablegen für ein paar Minuten, sagte ich zu mir. Zunächst hatte ich noch ein anderes Problem zu durchdenken: Wie würde sie bemerken, dass ich ihr Geschenk war?

Die Leute, die in der Stadt ihre Einkäufe erledigten, schleppten hübsch eingewickelte Päckchen nach Hause. Glitzerndes Geschenkpapier leuchtete durch die Plastiktüten, oft umwickelt mit lockigen Bändchen, an die Sterne, kleine Weihnachtskugeln oder sogar Glöckchen gebunden waren. Manche trugen in Folie gewickelte Geschenke in den Armen, das knisterte und machte herrlich dramatische Geräusche.

Ich durchwühlte meine Habe. Folie sollte in ausreichender Menge vorhanden sein. Ich kontrollierte die Mülltonnnen und fand tatsächlich eine Menge Folie, in der zuvor der Pizzateig eingewickelt war. Sorgfältig leckte ich die Folie sauber. Wenn ich mich der Länge nach drauflegte und mich dann langsam um meine eigene Achse wälzte, würde ich mich selber verpacken können. Nun brauchte ich eine Schleife. Sladko hatte ein paar Tage zuvor alte Geschirrtücher weggeworfen. Ihre Farbe war verblasst und sie waren dreckig. Ich schleifte drei Tücher zu einer Pfütze und wusch sie. Sie sahen jetzt braun aus. Ich stemmte meine Vorderpfoten auf die Tücher und biss mich im Gewebe fest. Schnell hatte ich einige Stoffstreifen zur Hand. Zweifelnd fragte ich mich, wie ich die Schleife um meinen Körper rumbekommen sollte. Ich machte einige Versuche, verhedderte mich dabei aber in den Stofffetzen und kriegte sie um ein Haar nicht mehr ab. Dann gelang es mir, eine etwas größere Schleife zurechtzulegen. Ich würde sie mir einfach locker um den Hals hängen, das ging genauso.

Als Nächstes wollte ich Sternenschmuck basteln. Ich schnappte mir ein paar Dosendeckel und biss an ihnen herum. Die Sterne, die ich produzierte, sahen aus wie winzige Raumschiffe, richtig was Besonderes. Dummerweise schlitzte ich mir die Zunge auf. Das tat elend weh. Das Blut lief aus meinem Maul und tropfte auf die Schleife. Ich traute mich aber nicht, sie noch mal zur Pfütze zu schleppen, vielleicht würde sie wieder aufgehen, nachdem ich sie so kunstvoll gebunden hatte. Ja, ich gebe zu, in diesem Augenblick schlichen sich leichte Zweifel ein. Aber ich redete mir zu, dass Nelly mit ihren Rüschenröcken und Stiefeletten, dem Duft nach Jasmin und Lavendel eine romantische Natur sei, die die inneren Werte in den äußeren Unebenheiten wahrnehmen würde.

Schließlich fiel mir auf, dass mein Fell nicht besonders sauber und gepflegt war. Durch die Folie würde man jede Schmutzspur sehen. Mit Todesverachtung wälzte ich mich ein paarmal in der Pfütze hin und her und schüttelte mich, so ausgiebig ich konnte. Frierend kroch ich in meinen Unterschlupf. Ich brauchte die halbe Nacht, um mich in die Folie zu wickeln. Auf dem nassen Fell rutschte sie herum, ich musste sie schließlich mit den Zähnen fixieren, aber dann riss sie am einen Ende ein. Das Plastik ließ mein Fell nicht richtig trocknen. Ich merkte, dass ich einen Schnupfen kriegen würde, aber erst musste ich mich um die Schleife kümmern. Als ich sie endlich um den Hals hatte, schlief ich erschöpft ein. Ich träumte. Von Nellys Wohnung, Hundefutter, einer Schüssel mit warmem Wasser, in der Nelly mein Fell säubern würde. Dann würde ich keine Tagträume von warmen Ländern mehr brauchen. Ich sah ihre leuchtenden braunen Augen. Ich fühlte ihre Hand, wie sie mein Fell streichelte und mich unter dem Kinn kraulte. Es war wunderbar, verliebt zu sein.

Beinahe hätte ich am nächsten Tag verschlafen. In höchster Eile befestigte ich die Blechsterne. Vor lauter Hektik schnitt ich mich mit dem scharfen Ende ins

Ohr. Die Verletzung war bestimmt schlimm, denn ich sah überall auf dem Boden Blut. Für den Augenblick konnte ich mich aber damit nicht beschäftigen, denn ich hörte Nelly kommen. Mein Herz klopfte bis zum Hals. Sie würde die Vibrationen bestimmt hören. Plötzlich war mir alles peinlich. Aber ich wollte Nelly so gerne ein Weihnachtsgeschenk machen. Ich wollte ihr Haustier werden.

Wie wir Männer doch reinfallen können.

Ich stellte mich direkt neben die Küchentür. Hier landeten immer die Stadtmagazine. Ich hörte, wie Nelly in die Pedale trat. Ich roch sie, witterte ihre Fährte. Dann sah ich das Rad. Sie trug einen roten Mantel über ihren Röcken und lächelte wie immer. Ich versenkte meinen Blick in ihren strahlenden Augen. Stillsitzen konnte ich kaum. Ich musste mich zusammennehmen, um nicht aufzuspringen und auf ihr Rad zuzulaufen. Da, da kam sie, griff in die Lenkertasche, fischte die Magazine raus … Ihre wunderschönen Hände, die mich noch heute Abend unterm Kinn kraulen würden, hielten die Zeitungen wurfbereit.

Ich konnte nicht anders. Ich lief ihr entgegen. Hätte ich meine Strategie mit Roy besprochen, wäre mir dieser Fehler nicht unterlaufen. Ganz sicher nicht. Plötzlich kreischte Nelly auf, die Magazine flogen durch die Luft. Eines traf mein verletztes Ohr. Es tat so weh – ich musste aufjaulen! Da fiel sie vom Rad!

Mit einem entsetzten »Autsch!« landete sie auf dem dreckigen Asphalt. Das hatte ich doch nicht gewollt! Ich vergaß mein Ohr und flitzte zu ihr. Ich wollte ihr aufhelfen. Behutsam stupste ich ihren Arm an. Los, los, flehte ich. Bitte, Nelly. Ich bin dein Weihnachtsgeschenk. Sie schrie auf. Hinter mir hörte ich etwas rumpeln.

»Feger!«, tönte es über den Hof.

Sladko kam aus der Küche gelaufen und schwenkte ein Messer. Ich fuhr erschrocken zurück. Er kannte mich doch.

»Was geht denn hier ab!«, rief Sladko, kniete sich neben Nelly, griff sie um die Hüfte und richtete sie auf.

Die Eifersucht machte mich rasend. Ich verbiss mich in Sladkos Hose. Er fuhr mit dem Messer durch die Luft. Hätte ich nicht losgelassen – er hätte mich tranchiert. Nelly stand bebend neben ihrem Rad. »Wo gehört der Hund denn hin?«, rief sie. Ihre Stimme klang schrill. Genervt rieb sie ihren Mantel. Scheußliche braune Flecken klebten darauf. Ich zog mich zurück.

»Der ist eigentlich ganz friedlich.«

»Ist das deiner?«, fragte Nelly. Sie packte drei Magazine und schmiss sie vor die Küchentür.

»Nee, Gott bewahre«, sagte Sladko. »Der ist herrenlos und treibt sich ab und zu hier herum.«

Du Mistkerl, dachte ich.

»Na, pass bloß auf, dass der dir mal nicht in die Küche kommt!«, warnte Nelly. »Bei den Straßenkötern weiß man nie, mit einem Mal werden sie aggressiv und beißen. Und das ganze Ungeziefer, das die anschleppen…«

Sladko zuckte die Achseln.

»Ich weiß nicht recht«, sagte er und sah sich zu mir um. »Der hat wohl 'n bisschen zu lang in der Mülltonne gewühlt.«

Nelly lachte– über mich! Und Sladko stimmte ein. Sie starrten auf mein verwundetes Ohr, auf die Blechsterne, auf die Schleife. Sie lachten sich über die Folie kaputt, unter der ich fror, weil mein Fell immer noch nicht getrocknet war.

Ein kluger Mann sieht ein, wenn er verloren hat. Ich bellte ein paarmal und schlich von dannen.

Sie hatte nichts verstanden. Später würde ich sagen, sie hätte mich nicht verdient, aber für den Moment war ich viel zu verletzt. Ich traute mich nicht, in meinen Unterschlupf zu kriechen, aus Angst, Sladko könnte mich dort vertreiben. Die Liebe hatte mich heimatlos gemacht. Ich erwog, bei Roy Trost zu suchen, aber seine Belehrungen hätten mich um den Verstand gebracht. Ich zog die Straße entlang, winselte wegen der Schmerzen in meinem aufgeschlitzten Ohr. In einem windgeschützten Eck versuchte ich, die Folie abzukriegen.

Sie klebte an meinem Fell. Wütend begann ich, daran herumzubeißen. Fetzen von Plastik verhakten sich in meinen Zähnen. Ich würgte sie heraus. Ein Mann kam vorbei und starrte mich neugierig an. Ich knurrte. Er trat nach mir. Schnell rannte ich weg. Die Blechsterne schleiften hinter mir über die Straße. Bis zum Einbruch der Dunkelheit verkroch ich mich in einer Garage. Dann beschloss ich, zu Roy zu ziehen, nur für ein paar Tage. Ich hoffte, dass er gerade nichts mit einer Katze hatte. Allein bekam ich die Schleife nicht ab. Sie zog bei meinen Versuchen, sie abzuwickeln, nur noch enger um meinen Hals. Auch die Blechsterne hatten sich in meinem Fell verhakt.

Müde und frierend trottete ich den altbekannten Weg entlang. Ich kümmerte mich nicht um die Leute, die ihre letzten Einkäufe erledigten. Statt von Nelly, träumte ich einen Tagtraum von einem warmen Land.

Menschen gingen sehr schnell an mir vorbei. Sie nahmen keine Notiz von meinem brennenden Ohr und meinen zerbrochenen Sehnsüchten. Die meisten hatten es eilig. Ich einerseits auch. Ich wollte die dämliche Verpackung loswerden. Andererseits graute mir vor Roys Vorhaltungen.

»Und der Orinoco?«, fragte eine Kinderstimme.

»Das ist der schönste Fluss der Welt«, sagte ein Mann.

Ich wurde hellhörig. Die beiden rochen nach Anisplätzchen.

»Wo ist der denn?«, fragte der Junge.

»In Südamerika«, antwortete der Mann.

Südamerika! Ich begann ernsthaft, Gedanken an eine Auswanderung auszubrüten. Mal sehen, was Roy dazu sagte. Orinoco … das klang kühn und stolz und heldenhaft. Vielleicht würde ich den Fluss eines Tages sehen und riechen und hören.

»Fahren Schiffe auf dem Fluss?«, wollte der Junge wissen.

»Klar, sogar Hochseeschiffe«, sagte der Mann. »Hör mal …«

Das Kind wollte noch eine Menge Dinge mehr über den Orinoco wissen, aber sein Vater hörte nicht mehr hin. Ich erwartete, dass sie bald an mir vorbei sein würden, als seine Stimme plötzlich auf Höhe meiner Ohren zu mir herüberwehte. »Tsötsötsö«, machte er.

»Papa«, rief der Junge, »sind Haie im Orinoco?«

Ich gab der Versuchung nach und drehte mich um. Er sah mich aufmerksam an. Er roch gut. Besser als Nelly. Und hunderttausendmal besser als Sladko. Ich schnüffelte.

»Hej, du bist ja verletzt«, sagte der Mann.

»Papa…«

»Schau mal«, sagte der Mann zu seinem Sohn. »Da ist ein Hund.«

Ich witterte meine Chance. Unbewusst. Ich dachte gar nicht nach. Ich winselte.

»Der hat sich geschnitten«, sagte der Junge und kniete neben seinem Papa nieder. Ich winselte noch mal.

»Warum hat er Sterne um den Hals?«, fragte der Junge.

Stolz wedelte ich ein klein wenig mit meinem Schwanz. Der Knirps war clever! Er hatte erkannt, dass es Sterne waren.

»Da hat sich irgendeiner einen Scherz mit dem armen Kerl erlaubt«, sagte der Papa.

Das stimmte nun nicht ganz. Oder eigentlich doch. Ich winselte erbarmungswürdig. Der Mann kratzte Reste von Folie aus meinem Fell.

»Können wir ihn nicht mitnehmen?«, fragte der Junge.

Mir wurde ganz heiß. Mitnehmen!

Der Kleine streichelte mich vorsichtig.

»Ob er jemandem gehört?«

»Er hat kein Namensschildchen um den Hals. Er hat nicht mal ein Halsband«, sagte der Mann und löste die Schleife. Dankbar leckte ich ihm die Hand.

»Nehmen wir ihn doch mit, bitte!«

»Wir müssen uns aber erkundigen, ob jemand ihn vermisst, Ole«, sagte der Mann.

»Der gehört bestimmt niemandem«, sagte Ole überzeugt. »Schau mal, wie dreckig sein Fell ist.«

Das wiederum war mir peinlich. Doch ich würde darüber hinwegkommen. Ich saß auf den Armen des großen Mannes und wurde zu einem kleinen Häuschen getragen.

»Wir nennen ihn Orinoco«, bat Ole. »Vielleicht kommt er auch von so weit her. Aus Südamerika.«

Oles Vater sagte nichts dazu. Er desinfizierte mein Ohr. Dann wurde ich in einer Plastikwanne gebadet und mit duftendem Shampoo eingerieben. Nachher rubbelte Ole mich trocken. Er fönte sogar mein Fell. Ich bekam Fleischragout und frisches Wasser. Der Mann bereitete mir ein Bett neben dem Weihnachtsbaum.

Später habe ich herausgefunden, dass es in dieser Familie keine Frau gibt. Eigentlich bin ich ganz dankbar darum, nach dem Erlebnis mit Nelly. Ich bin jetzt Orinoco.

Meinen früheren Unterschlupf habe ich nie mehr aufgesucht. Soll Sladko seine Dosenreste selber essen. An Silvester machte ich einen kurzen Ausflug zu Roy. Ich versorgte ihn mit Snackerli, die Oswin im Supermarkt gekauft hatte. Ja, Ole, Oswin und ich, Orinoco. Wir sind das Haus der drei O. Wir Männer machen es uns gemütlich und kommen super aus.

Roy ist wohl ein bisschen neidisch. Einerseits würde ich ihn gerne einladen, mit uns zu leben. Aber dann denke ich wieder, lassen wir die Dinge, wie sie sind. Roy passt nicht so richtig gut zu uns. Und nicht nur, weil sein Name nicht mit O anfängt …

*

20:15

»Tierquäler!«, ließ sich Caren vernehmen. »Da wird Caren, die Sportliche, zu Caren, dem heiligen Terror.«

Sladko bekam rote Ohren.

Clemenza hob die Hand. »Darum geht's nicht. Ich wüsste gern, was sich da draußen abgespielt hat.« Ihre coole Art glitt von ihr ab wie eine Schlangenhaut. Jetzt war sie nur noch die Ermittlerin, für die Emotionen, Fassaden und blinde Flecke keine Rolle mehr spielten.

Walt und Sladko sahen sich an. »Ich muss pinkeln«, sagte Sladko.

»Frau Molitor, bringen Sie dem Herrn eine Blumenvase«, bat Clemenza.

Sladko protestierte, bis Caren ihn am Schlafittchen zum Herrenklo schleifte. Er faselte etwas von Menschenrechten, als sie zurückkamen.

»Hübsche Zeichnungen. Haben Sie die geklaut?«,

begann Clemenza. Sie blinzelte Katinka kaum merklich zu.

»Trude Nüsslein war meine Großtante.« Sladko kratzte sich die Nase. »Es stimmt nicht, dass sie erst spät mit dem Zeichnen angefangen hat. Sie hat seit ihrer Jugend gemalt.«

»Aha, dementsprechend viele Werke haben sich angesammelt.«

Sladko zuckte die Achseln.

»Wussten Sie, wie viel Geld sich damit verdienen lassen würde?«, machte Clemenza weiter.

»Falsche Frage«, raunte Dante in Katinkas Ohr. »Er ist zu blöd, um die Differenz überhaupt auszurechnen.«

Sladko hob die Schultern.

»Sie sind notorisch pleite, kann das sein?« Clemenza betrachtete ihre Fingernägel, als hätte sie sie nie zuvor gesehen.

»In dem Restaurant, wo ich früher gearbeitet habe«, mischte sich Nora ein, »war Sladko als Hilfskoch angestellt. Dem musste man selbst beim Gemüseschneiden auf die Finger sehen. Immer hat er das schimmelige Zeug mit in die Schüssel geschnippelt. Und gepopelt hat er auch bei der Arbeit.«

»Was haben Sie mit dem armen Kerl da draußen gemacht?«, fragte Katinka. »Ihn so erschreckt, dass er einen Herzinfarkt kriegen musste?«

»Pah!« Walt räkelte sich auf seinem Stuhl. »Ich habe den Kerl nicht gesehen, ich schwöre es. Ich habe diese Kneipe vorher nie betreten.«

»Sladko hat hier einige Male rumgeschnüffelt.« Nora nickte verdrießlich. »Gib's schon zu. Ich habe dich ab und zu gesehen.« Ihr Blick ruhte einen Moment zu lange auf Sladko.

Dante stand auf und gab Katinka einen Wink mit dem Kopf. Sie folgte ihm in den Korridor.

»Was ist los?«

»Lassen Sie das neapolitanische Temperament die Verhandlungen führen. Nora und Sladko haben eben eine Abmachung getroffen. Hier stimmt was nicht.«

»Wie Einstein sagte: Fantasie ist wichtiger als Wissen, oder? Was denn für eine Abmachung?«

Dante grinste schief. »Beschweren Sie sich nicht, dass ich Sie nicht eingeweiht hätte. Kommen Sie.« Er ging Katinka voraus durch den Gang. »Wo geht's in den Hof?«

Katinka schob sich an ihm vorbei und öffnete die Tür zu dem vertrauten Vorraum.

»Wow, dunkel wie in einem Topf Schweineblut. Energiesparen wird aber allmählich auch zur Sucht«, stellte Dante fest.

Katinka knipste ihre Stirnlampe an. »Und nun?«

»Haben Sie das nicht bemerkt? Gerade eben hat

Nora dem schmächtigen Sladko signalisiert, dass er die Klappe halten soll. Dafür zeigt sie sich später erkenntlich.«

»Beweise?«

»Begnügen wir uns für jetzt mit Indizien. Schauen Sie: Die beiden haben mal zusammen in einer Restaurantküche gearbeitet. Da kriegt jeder vom anderen eine Menge mit. Wissen, das sich zu Geld machen lässt.«

»Sie meinen, Sladko hat was gegen Nora in der Hand?«

»Höchstwahrscheinlich. Ich nehme an, es geht um irgendwas hier auf dem Gelände. Ist doch auffällig: Engstler schwirrt hier herum, und dann auch noch Sladko …«

»Es könnte um etwas gehen, was uns bisher nicht ins Auge gestochen ist«, bestätigte Katinka und stieß die Tür zum Hof auf. Sofort fegte ein eisiger Windstoß herein. Die Schneeflocken bissen ihr ins Gesicht.

»Messerscharfe Schlussfolgerung, Madame. Es macht doch keinen Sinn, im tiefsten Schneetreiben um einen Pub herumzuspazieren, weil man Lärmbelästigung durch einen Biergarten befürchtet! Der Sommer ist am 23. Dezember so weit weg wie ein Meteorenklümpchen am Ende der Milchstraße vom Planeten Erde.«

»Leider!«

»Also geht es um etwas anderes«, machte Dante eifrig weiter. Sie umkreisten den im Schnee liegenden Toten. »Dieser Experte hier«, er wies auf Engstler, »war mal Richter. Naturgemäß hat er eine Schwäche für Gut und Böse. Widersprechen Sie nicht. Natürlich für beides. Gut kann es nur geben, wenn es auch Böse gibt. Pleite geht auch nur, wenn ein anderer Geld hat.«

»Worauf könnte er aus gewesen sein?«

»Drogen«, erklärte Dante. »Aber denen kann man schlecht nachspionieren. Höchstens den Dealern. Es muss etwas sein, was selbst in einer dunklen, windumtosten Winternacht dingfest zu machen wäre.«

»Sie meinen, dieses obskure ›Es‹ manifestiert sich gerade jetzt, vor unseren Augen?«, fragte Katinka entgeistert. Sie musste zugeben, dass Dantes Theorie ihre Stärken hatte. »Wo fangen wir an zu suchen?« Sie drehte sich um ihre eigene Achse.

»In den Baracken zum Beispiel.«

In stillem Einvernehmen stapften sie durch den Schnee zum Eingang der Nebengebäude.

»Ich habe vorhin auf den Seiten des Katasteramtes gesurft«, berichtete Dante. »Ganz früher war diese ganze Liegenschaft hier mal ein bewirtschafteter Hof mit Gärtnerei. Die ausgebeinten Mauerreste waren die Wirtschaftsgebäude.«

Sie traten durch den türlosen Eingang. Drinnen schien es noch kälter als draußen, obwohl sie wenigstens vom Wind geschützt waren.

»Haben Sie Hackerqualitäten? So einfach kommt man doch nicht auf solche Seiten.«

»Das fragen ausgerechnet Sie?« Dante fischte eine winzige Taschenlampe mit erstaunlich hellem Lichtstrahl aus seiner Hosentasche. Seite an Seite tappten sie durch die düsteren Häuser. Es roch modrig, nach Kalk, nach Schmutz.

»Himmel, ist das heruntergekommen!« Katinka ließ den Schein ihrer Lampe über die Wände gleiten. »Das zu renovieren, kommt einem finanziellen Ruin gleich.«

»Nora wollte die Dinger abreißen. Aber der Denkmalschutz ist da ganz rattig. Bloß nichts Neues bauen. Da darf nicht mal ein neuer Nagel ins Holz geschlagen werden.«

»Sie wollte sie abreißen?« Katinka besah sich die nassen Flecken an den Wänden. Der Putz hatte sich längst in Wohlgefallen aufgelöst. In manchen Ecken lagen kleine Häufchen von etwas Undefinierbarem. Irgendwo bellte ein Hund. »Sind Sie sicher?«

»Zur Rattenzucht würden sie sich noch eignen. Zu mehr auch nicht.« Dante stieß mit dem Fuß an etwas und bückte sich. »Falls Nora den Zaster hätte, stilecht zu renovieren, hätte sie allerdings super Nebenräume für Familienfeiern und dergleichen.«

»Könnte Engstler hier herumgeschnüffelt haben, weil Nora plant, sich von diesen Räumlichkeiten irgendwie illegal zu trennen?«

Dante lachte. »Heißer Abbruch? Schon möglich, aber im Schneetreiben … Für so was sucht man sich einen tadschikischen Gebrauchtwagenhändler und eine laue Frühlingsnacht aus.«

»Wo geht's denn hier hin?« Katinka stieß gegen eine Stahltür. Sie sah ziemlich neu aus. »Abgeschlossen.«

Dante rüttelte an der Klinke. »Ich nehme an, das ist der Geheimeingang ins Nachbarhaus. Harun wohnt dort.«

»Dieser Harun …«

»Komischer Vogel, das schon.«

»Ulkiger Zufall, dass er Instrumentenbauer ist und dieser Teddy mit einem verunfallten Sax in den Club gespült wurde.«

»Tja, so geht das Leben.« Dante ließ die Tür los. »Wir verschwenden hier unsere Lebensenergie.«

Katinka trat an das glaslose Fenster und starrte hinaus in den Hinterhof. »Was ist eigentlich in der Scheune?«

»Wollen wir schauen?«

»Klar!«

Sie kletterten durch die Fensterhöhle und standen knietief im Schnee.

»Wenn das bis Ostern so bleibt, wandere ich aus«, sagte Dante.

»Das tun Sie doch sowieso. Ich sage nur: University of California.«

»Ach, stimmt! Hatte ich doch für einen Augenblick vergessen. Haben Sie Ihr Handwerkszeug dabei?«

Die Scheune war mit zwei neuen, glänzenden Vorhängeschlössern gesichert.

Katinka suchte nach ihrem Dietrich. Ihre vor Kälte steifen Finger fummelten an den Schlössern herum. Zweimal fiel ihr der Dietrich aus der Hand.

»Dauert 's noch lange?«

»In der Ruhe liegt die Kraft.« Katinka biss die Zähne zusammen. Ihr war verdammt kalt, und der hyperaktive Dante machte sie nervös. »Wissen Sie, dass Sie mich manchmal an Nicolas Sarkozy erinnern?«

»O, danke für das Kompliment.« Er grinste wie ein Kaninchen.

Katinka brach in Lachen aus.

»Kann jemand mal die Töle abstellen?«, beschwerte sich Dante.

Das Gebell war lauter, fordernder geworden. Es klickte, und das erste Schloss sprang auf, gleich darauf das zweite.

»Hej, jetzt haben Sie den richtigen Ruck!« Dante schob schon das Tor auf. Es lief unwuchtig auf einer vereisten Schiene. Dennoch war es in der Scheune erstaunlich warm.

Katinka leuchtete hinein. »Ziemlicher Unterschied, was?«

Wo die alten Wirtschaftsgebäude fast in sich zusammenfielen, hatte Nora Molitor sich mit der Scheune eine Menge Mühe gegeben. Ein moderner Anhänger mit hohen, grauen Aufbauten stand direkt vor ihnen an der Wand. Das Hundegebell wurde aggressiver.

»Das sind Transportboxen!« Katinka schlüpfte in ihre Handschuhe und fuhr mit den Fingern über den Anhänger. »Hier: Living animals.«

»Lebende Tiere?« Dante schüttelte den Kopf. »Nora kauft ihr Fleisch auf dem Großmarkt.«

»Ich glaube, darum geht's nicht!« Katinka ging schnurstracks auf eine Wand zu, in der sich eine einzige, niedrige Gittertür befand. »Vorsicht!«

Sie linsten durch die Stäbe.

»Glauben Sie, was ich glaube?«, fragte Dante.

»Den Religionsunterricht habe ich längst verdrängt.« Katinka rüttelte sachte an dem Gitter. »Aber das hier …«

»… ist ein Hundezwinger.« Dante lachte auf. »Das gibt's ja nicht.«

Katinka überlistete das Schloss und öffnete vorsichtig die Tür. Dahinter lag ein schmaler Raum, an dessen Ende eine hochmoderne Zwingeranlage stand. Mehrere Hütten, die in eine Art Käfig eingebaut waren. »Wo sind denn die Tierchen?«

Dante pfiff durchdringend. Das Gebell, bisher ein monotoner Klangteppich, wurde lauter.

»Hier sind sie ja.« Katinka schüttelte den Kopf. »Sieh an. Vier niedliche Staffordshire Bullterrier.« Sie zeigte auf die kräftigen, gedrungenen Körper. Die Hunde kamen halb neugierig, halb ängstlich an den Zaun. Er bestand aus dickem Draht. Ein gelbes Schild warnte: »Vorsicht, Elektrozaun!«

»Sie kennen sich wohl mit Vierbeinern aus!«, grummelte Dante.

»Ich weiß nur so viel mit Sicherheit: Die Zucht ist in Deutschland verboten.«

Dante machte ein paar Schritte auf die Zwinger zu. Einer der Hunde sprang am Gitter hoch. Der Geifer lief ihm aus dem Maul. »Hoppla! In solchen Fällen ist man doch dankbar, dass man zur intelligenteren Spezies gehört und imstande ist, Gitterstäbe zu konstruieren.« Er kramte in seiner Tasche. »Hier, mein hübscher Wauwau. Wie wär's mit einem Lebkuchenstern?«

»Wo haben Sie die denn her?«

»Gerade eben gefunden. Drüben in den Baracken.«

»Her damit!« Katinka nahm ihm den Stern ab. Sie roch daran.

»Für Menschenmägen nicht mehr genießbar«, sagte Dante altklug. »Nass und dreckig. Die Glasur ist schon fast ab.«

Katinka stutzte. »Schnuppern Sie mal.«

»Ich mag das Zeug eigentlich gar nicht.«

»Nur riechen«, insistierte Katinka. Aus den Augenwinkeln beobachtete sie die Hunde, die unruhig in ihren Zwingern auf- und abstromerten.

»Irgendwie … wie Amaretto, oder?«

»Nicht schlecht, Herr Wischnewski. Aber wenn Sie die große Karriere als Wissenschaftsjournalist antreten wollen, müssen Sie noch etwas präziser werden.«

»Bittermandel!«, sagte Dante. Selbst in dem trüben Licht der Scheune, die nur durch ihre beiden Lampen erleuchtet wurde, konnte Katinka sehen, dass er erbleichte. »Zyankali.«

»Oder auch Kaliumcyanid. Letale Dosis: 140 mg. Hautresorption ist möglich. Der Tod tritt durch inneres Ersticken ein.«

»Grusel!« Dante warf den Stern auf den Boden und rieb sich die Hände am Anorak ab.

»Hat Nora die gebacken?« Katinka sah durch Dante hindurch.

»Und warum hat sie sie dann in die Baracke getragen, um dort einen zu verlieren?«

»Armenspeisung für die Ratten!«, schlug Katinka vor. Sie kramte eine Plastiktüte aus ihrem Rucksack und verpackte den Stern.

»Dazu muss man aber keine Lebkuchensterne backen.«

Sie sahen einander an.

»Wir nehmen noch mal den alten Engstler unter die Lupe. Hellrote Schleimhautblutungen sind ein Indiz für Cyanidvergiftung.«

20:50

»Ich denke nicht, dass er von seinen eigenen Plätzchen gegessen hat.«

Katinka und Dante fuhren herum. Nora war lautlos hinter sie getreten. Sie trug eine Fleecejacke über ihrer bunten Tunika und fröstelte. Ihr Gesicht sah fahl und müde aus.

»Eigene Plätzchen?« Dante reckte die Nase noch höher in die Luft.

»Ich nehme an, dass der Misanthrop genau darauf aus war – meine Hundezucht zu vernichten.«

»Fressen die Tierchen Lebkuchensterne?«, fragte Katinka.

»Die fressen alles.«

»Staffordshire Bullterrier …«

»… ich weiß, ihre Zucht ist in Deutschland illegal.

Ist eben so. Was soll ich machen. Die Gesetze liegen nicht in meiner Hand.«

Katinka zuckte die Achseln. »Von mir aus muss das niemand wissen.«

»Ist ein Zuverdienst. Die Kneipe bringt nichts ein. Gastronom sein, das musst du in großem Stil machen oder du verhungerst dabei. Aber mit den Hunden sieht es anders aus. Für die geben die Leute richtig Geld aus. Fürs Hundefutter übrigens auch. Aber selbst meckern sie, wenn der Salatteller nicht unter 4,50 Euro kostet.«

»Und die Paprikas?«, fragte Dante.

»Brutzeln im Herd.«

Sie verließen die Scheune. Nora ließ das Tor offen.

Engstlers Leiche war mittlerweile komplett von Schnee bedeckt. Sie lupften die Plastikplane am Kopfende.

»Wenn da Blut ausgetreten ist, ist es inzwischen vereist«, bemerkte Dante. »Ich habe es nicht so mit dem Tod – wie wär's, wenn wir das dem Rechtsmediziner überlassen?«

»Die Blutungen können auch innen im Körper sein. Aber normalerweise würde man an den Lippen was sehen«, widersprach Katinka.

Nora schob die Plane etwas weiter von Engstlers unterdessen eisgekühltem Körper. Sie tastete über seine Manteltaschen. Katinka fielen ihre ulkig gekringelten Fingerhandschuhe auf.

»Hier!« Halb triumphierend, halb den Kopf schüttelnd hielt sie eine Tüte hoch. Eine kleine weiße Papiertüte, die knisterte, wenn man sie berührte.

»Lebkuchensterne! Mit Schokoglasur.« Begierig griff Dante nach der Tüte, aber Katinka nahm sie ihm ab. Sie öffnete den Clip und steckte die Nase hinein. Bittermandel in betäubendem Ausmaß. »Uff! Haben Engstlers zu Hause ein Chemielabor?«

»Das Cyanid kann man in der Küche beimischen!« Dante hob die Achseln, als wolle er sagen: Ist doch nichts dabei.

»Es entwickelt aber ziemliche Dämpfe.« Katinka verschloss die Tüte wieder. »Soll Clemenza damit Spaß haben. Aber vorerst verstauen wir das Zeug wieder hier in Arndts Manteltaschen. Da bedient sich garantiert niemand.«

»Und was machen wir jetzt?«, fragte Nora.

»Nichts. Weihnachten feiern«, erwiderte Dante grinsend. »Wie war das mit dem Gras? Wollen wir warten, bis das Auge des Gesetzes sich von hier entfernt hat?«

»Gras?« Katinka sah von einem zum andern. »Habe ich was verpasst?«

21:35

Das Auge des Gesetzes saß am Tresen im Club und nippte am dritten Glas Rotwein. Walt hockte an seinem Tisch und beobachtete verdrießlich, wie Harun Teddys Sax in seine Einzelteile zerlegte. Das Gesicht des Musikers war in Tausende Falten zersprungen. Angespannt verfolgte er jede einzelne von Haruns Bewegungen. Sladko trommelte mit den Fingern auf seinen Oberschenkeln herum, wobei Caren ihn keine Sekunde aus den Augen ließ. Heidelore Engstler hatte sich mit ihrem Stamperl und der Cynarflasche an einen freien Tisch zurückgezogen. Dort sank ihr Kopf nun in Zeitlupe auf die Tischplatte. Sie begann, leise zu schnarchen.

»Scheiße, riecht das keiner?« Sladko reckte die Nase in die Luft. »Hier brennt was an!«

»Das wäre dann schon zum zweiten Mal an diesem Abend«, seufzte Caren. »Ich rieche nichts. Ihr?«

Alle hoben die Köpfe und schnupperten wie die Hasen.

»Freilich!« Sladko stand auf.

»Warte, Bürschchen!« Caren baute sich neben ihm auf.

»Ej, Mann, ich wollte nur mal in die Küche!« Sladko wischte sich mit dem Ärmel übers Gesicht. »Die alte Molitor kann zetern, wie sie will: Wenn's um den Geruchssinn geht, bin ich ihr meilenweit voraus!« Er trabte in die Küche, gefolgt von Caren.

Harun ließ eine Schraube zu Boden fallen.

»Shit, nein!«, kreischte Teddy entsetzt.

»Die finden wir schon wieder.« Harun ließ sich seufzend auf alle Viere fallen und suchte nach der Schraube. Auch Teddy kroch unter den Tisch. Clemenzas glasiger Blick folgte ihnen.

Walt sah sich um, überschlug seine Chancen, ging zum Tresen und nickte Clemenza zu. »Ich brauche auch einen Schluck Roten. Sollen wir mal ein anderes Musikprogramm starten?«

»Gern!«, knurrte Clemenza. »Hoffe nur, irgendwer bringt jetzt mal was zu essen auf den Tisch. Ich muss mir was zwischen die Kiemen schieben.«

Walt nahm sich ein Weinglas aus dem Schrank hinter der Theke und musterte eingehend die Musikanlage. Die Schalter steckten in einer Aluplatte, die in die Wand eingelassen war. Daneben schob man die CDs in einen Schlitz. Walt regelte die Lautstärke etwas nach oben. Ein automatischer Wechsler zeigte auf einem Display an, welche CDs zur Auswahl standen. Nach kurzem Zögern wählte Walt eine, deren Titel ›Some Mo' Horizons‹ lautete. Neue Horizonte konnten nie schaden. Caren und Sladko beschäftigten sich in der Küche. Er hörte Geschirr klappern und spürte Clemenzas Blick in seinem Rücken. Der erste Track auf der CD begann mit einem Percussionsolo. Er drehte die Lautstärke noch ein klein wenig weiter hoch. »Hochmoderne Anlage«, konstatierte er, während er die übrigen Schalter musterte.

»Boys, toys«, murmelte Clemenza und füllte ihr Glas auf.

Harun hatte endlich die Schraube gefunden und tauchte wieder unter dem Tisch auf. »Mensch, was bin ich erleichtert!«, stieß Teddy hervor und nahm sich einen weiteren Lebkuchenstern vom Teller.

»Reichen Sie den Teller doch mal rüber!«, bat Clemenza. Auch sie wählte einen Stern und biss hinein.

Walts Faszination hingegen wurde von ein paar Reglern in Anspruch genommen, die direkt neben den Knöpfen mit der Aufschrift ›Volume‹ angebracht waren. D 1. D 2. D 3. Wahrscheinlich musste man DJ sein, um ihre Funktion zu verstehen. Während die warmen portugiesischen Klänge des nächsten Songs durch seinen Kopf fluteten, drehte er die Regler ganz hoch. Der Reihe nach. Nichts passierte. Von dem Songtext verstand er nur ein einziges Wort. ›Elevador‹. Walt wandte sich ab und goss sich Wein ins Glas. Clemenza war dabei, einen weiteren Lebkuchenstern vom Teller auszusuchen. Von draußen klang wütendes Hundegebell.

»Ja ja, die Tölen müssen bei jedem Wetter ausgeführt werden«, ließ sich die Kommissarin vernehmen.

Forschend ließ Walt den Blick durch den Pub schweifen. Alle waren beschäftigt. Clemenzas Reaktionen waren vermutlich mittlerweile verlangsamt.

Er ging bedächtig zu seinem Tisch zurück, griff nach der Mappe, sah sich ein letztes Mal um. Die Engstlerin schnarchte laut auf und machte eine fahrige Bewegung mit der rechten Hand. Die leere Cynarflasche rutschte über die Tischkante und schlug mit lautem Knall auf dem Boden auf.

Jetzt oder nie, dachte Walt. Alle waren abgelenkt. Er nahm die Zeichenmappe, ging zum Ausgang, schlüpfte durch den schweren Vorhang, öffnete die Tür und trat auf die Straße.

21:45

»Ich hoffe, Sie haben die Wauwaus im Griff!«, keuchte Dante. Alle drei waren sie bis zur Mauer der Nebengebäude zurückgewichen. »Haben Sie Ihre Beretta im Anschlag?«

»Sind Sie wahnsinnig?«, rief Nora. »Die tun nichts.«

Katinka hatte längst ihre Waffe in der Hand. Einen Hund wollte sie nur in höchster Not erschießen. Aber die Aussicht, von einem der gedrungenen, kraftstrotzenden Kampfmaschinen zerfleischt zu werden, gefiel ihr noch weniger. Sie hatte nicht wirklich Angst – nur ein ungutes Gefühl, als geschähe zeitgleich noch etwas anderes.

»Wo kommen die Hübschen denn auf einmal her?«, stöhnte Dante. Seine Stimme zitterte leicht. Einer der Bullterrier hatte Aufstellung direkt vor Dante genommen. Der Geifer troff in den Schnee und er bellte, als wollte er das jüngste Gericht ankündigen.

»Jemand muss an der elektronischen Steuerung für die Zwingeranlage rumgemacht haben«, flüsterte Nora. »Drinnen, in der Gaststube!« Sie lehnte zwischen Katinka und Dante an der Wand, bleich wie Kreide. »Nein! Nicht!« Sie sah Katinkas Hand, die die Pistole hielt und sich ruhig und konzentriert auf den Hund richtete, der ihnen am nächsten stand. Ein Riesenkerl mit dunkelbraunem Fell und einem weißen Fleck auf der muskulösen Brust. »Wissen Sie, was für eine Arbeit ich in die Tiere gesteckt habe?«

»Hätte es nicht ein Wurf flauschiger Golden Retriever sein können?«, fragte Dante in sanftem Konversationston. »Die sind irgendwie knuffiger.«

Nora schnaubte verächtlich. »Was wissen Sie denn schon!«

»Zumindest genug, um zu ahnen, dass Sie keine Ahnung haben, wie wir aus dieser Situation wieder rauskommen sollen! Aber mir ist kalt und ich muss pinkeln.«

»Damit müssen Sie warten.«

Katinka achtete kaum auf die Frotzeleien der beiden. Sie spürte, wie die Kälte ihr in die Knochen kroch und ihre Treffsicherheit jede Sekunde weiter beeinträchtigte. Natürlich wollte sie die Hunde nicht einfach so abknallen. Vorsichtig bewegte sie sich. Der Bullterrier mit dem weißen Brustfleck tänzelte im Schnee herum und bellte wie irr. »Spaß verstehen die nicht, so viel ist klar«, murmelte sie. Sie könnte auf die Hinterläufe zielen. So viel dazu.

21:50

Mit einem kernigen neapolitanischen Fluch hechtete Clemenza hinter Walt her. Heidelore, aufgeschreckt durch die plötzliche Hektik im Raum, riss erstaunt die Augen auf und hob langsam den Kopf von der Tischplatte. »Wo kommt denn das Hundegebell her?«, fragte sie verschlafen. Aber Harun und Teddy waren zu sehr in die Montage des Saxofons vertieft, um zu reagieren.

Männer, dachte Heidelore gähnend, können sich auch immer nur auf eins konzentrieren. Mit Wucht schlug der Gedanke bei ihr ein, dass Arndt tot war. Arndt, der stets nur für eine Sache zu gebrauchen gewesen war: für Urteile. Urteile über alle möglichen Menschen und ihre Probleme, vor allem aber für Urteile über seine Frau.

Sie stand auf und folgte dem Toilettenzeichen. Die Kabinen waren nicht geheizt. Sie wusch sich die Hände. Das Hundegebell ging ihr wirklich auf die Nerven. Neugierig tappte sie den Gang entlang, durch den zweiten Korridor, und trat auf den Hof hinaus.

21:55

»Vorsicht! Keine ruckartigen Bewegungen!«, herrschte Nora Heidelore an, die aus dem Club trat wie eine Erscheinung.

Dante stand winselnd an die Wand gepresst. Ein Hund lauerte mit triefenden Lefzen nur Zentimeter von ihm entfernt. »Sind Sie sicher, dass Sie den Burschen kaltmachen, bevor er mich erledigt?«, stieß er in Katinkas Richtung zwischen den Zähnen hervor.

»Hier macht niemand irgendwen kalt«, sagte Heidelore ruhig. Sie brauchte keine fünf Minuten, um die Hunde zu beruhigen und sie zurück in ihre Zwinger zu bringen.

»Eine Hundeflüsterin«, bemerkte Dante trocken. Endlich löste er sich von der Wand und schüttelte sich. »Ich bin innerlich schon vereist. Sollen wir reingehen?«

»Keine schlechte Idee.«

Kaum in der Gaststube, verriegelte Nora die automatischen Zwingertüren.

»Ich würde mir eine andere Einnahmequelle suchen«, erklärte Dante cool. »Das wäre mir zu schrill mit den Kötern. Wo ist die italienische Superkommissarin?«

Harun und Teddy hoben auf energische Nachfrage zwar die Köpfe, konnten aber keine Auskünfte geben. Nora regte sich auf, weil Sladko in ihrer Küche stand, ließ sich dann aber beruhigen, als Caren durchblicken ließ, dass Sladko die gefüllten Paprika vor dem Verkohlen gerettet hatte.

»Wir machen jetzt noch ein Salätchen, dann kann es losgehen«, verkündete Caren. Sie nahm sich den vorletzten Lebkuchenstern vom Teller und wollte hineinbeißen. »Der riecht aber komisch!«

Dante und Katinka wandten sich beide zugleich um. Katinka hob die Hand und schlug mit aller Kraft auf Carens Arm. Der Lebkuchenstern flog in hohem Bogen durch die Luft und klatschte auf den Tresen. »Finger weg!«

»Das Rezept hat Nora von mir«, sagte Heidelore. »Deswegen sehen die Sterne gleich aus.«

»Alle mal herhören!«, trompetete Nora. »Sterne in den Mülleimer. Alle!«

»Und die Krümel auch!«, fügte Katinka an. Aus

den Augenwinkeln sah sie, wie Dante sich an einen Tisch zurückzog und mit einem Kuli Eintragungen in ein schwarzes Notizbuch vornahm. Die Sache mit den Lebkuchensternen war ihr immer noch nicht ganz klar. Wahrscheinlich hatte Arndt Engstler ein paar verloren, während er im Hof herumspionierte. Sie konnten ihm einfach aus der Jackentasche gerutscht sein.

»Wir können essen«, bestimmte Nora.

Sie schoben ein paar leere Tische zusammen, deckten ein, und Nora brachte eine riesige Schüssel mit gefüllten Paprika. Der Duft ließ allen das Wasser im Mund zusammenlaufen.

Sie waren schon mitten im Tafeln, als Clemenza zurückkam. An ihren Arm geklammert, humpelte Walt in den Pub. Die sperrige Zeichenmappe behinderte ihn zusätzlich.

»Unser Superkünstler hat mit dem Blitzeis Bekanntschaft gemacht. Sieht mir nach einer fiesen Verstauchung aus. Haben Sie einen Verbandskasten, Frau Molitor?«

Nora zeigte auf eine schwarze Plastikbox, die neben den Reglern für die Stereoanlage und die Hundezwinger an der Wand befestigt war. Clemenza riss eine Elastikbinde heraus und kümmerte sich um Walts geschwollenes Fußgelenk.

»Halt, warten Sie mal!«, mischte Teddy sich ein.

»Das muss erst abschwellen.« Er stand auf. »Haben Sie Quark im Kühlschrank?«

Nora verdrehte die Augen. »Schauen Sie halt nach. Mittlerweile kennt sich jeder in meiner Küche besser aus als ich.«

Teddy zog ab, kam mit einem Töpfchen Quark und einem Geschirrtuch zurück und legte Walt einen kühlenden Umschlag an. Er tat es mit der gleichen Behutsamkeit, die er auch für sein Saxofon aufgebracht hatte.

»Na, dann ist ja alles geklärt!« Katinka nahm sich noch eine Paprikaschote. Ihr wurde heiß. Das Zeug war ziemlich scharf. Sie brach ein Stück Baguette ab. »Echt lecker, Frau Molitor!«

Nora stellte drei Flaschen Secco auf den Tisch. »Nachdem wir hier so vereint sitzen«, legte sie los, »finde ich, wir sollten Brüderschaft trinken. Vergeben wir unseren Feinden! Sladko, zum Wohl!« Sie lachte frech. Zum ersten Mal sah Katinka die Grübchen in Noras Wangen. Der müde Ausdruck in ihrem Gesicht war wie weggeblasen.

»Was ist mit unserem rasenden Reporter?«, fragte Caren. »Wollen Sie nichts essen?«

»Keinen Hunger«, murmelte Dante. Er war ganz in seinen Text vertieft.

Während die Nacht vor dem Heiligen Abend sich in eisige Stille hüllte, weil nicht einmal mehr der Winterdienst durchkam, genoss die kleine Gesellschaft im alten Boxclub das Leben, das Essen und die Gemeinschaft unter Menschen, die der Zufall für ein paar Stunden zusammengewürfelt hatte. Es wurde gelacht und gezecht. Heidelores Gesicht wurde so rot, dass schließlich kein Unterschied im Farbton zwischen Haut und Haaren mehr bestand. Nora und Caren zogen sich zum Rauchen zurück, Sladko übernahm es, das Geschirr in die Spülmaschine zu räumen und die Kaffeemaschine mit frischen Bohnen zu versorgen. Harun baute das Saxofon zusammen. Teddy wiegte sein Instrument glücklich in den Armen und blies einen Blues.

Dante schließlich legte seinen Stift weg und schüttelte das Handgelenk aus. »Wollen Sie mal?« Er schob Katinka das Notizbuch hin.

Sie zog es zu sich heran und begann, mit leiser Stimme vorzulesen:

Rot! Scharf! Chilis!

Ich mache mir wenig aus Weihnachten. Außer zu den bunt beleuchteten Glühweinständen auf der Oberen Rathausbrücke, die ich jeden Abend in der Vorweihnachtszeit aufsuche, habe ich wenig Bezug zum Fest der Feste. Die Typen mit Nikolausmütze und Blinklicht im Zipfel finde ich aber ganz lustig. Ich nippe am Glühwein. Ein paar Leute stehen neben mir und philosophieren über Segnungen des Weihnachtsfestes und Familientragödien, Neurosen und Probleme mit den schrecklich netten Leuten, die auf allerbeste Freundin machen und mit Ökoplätzchen als Geschenk nerven.

Neugier ist meine schlechteste Eigenschaft.

Nora Molitor – so höre ich mit – hat sich an einem bestimmten Punkt ihres Lebens dafür entschieden, die weihnachtliche Höflichkeit sausen zu lassen. Wiltrud, munkelt man, sei ja wirklich eine Landplage, immer nett, hilfsbereit, pflichtversessen, menschenfreundlich, engagiert, macht alles, kocht alles für alle, schenkt Weihnachten allen die angemessene Menge Selbstgebackenes in Zellophantüten, und alle sind ja so dankbar für alles, was Wiltrud tut.

Nora wollte es anders machen, sie hatte die Schnauze voll von dem Kaufen, Kaufen, Kaufen, jeder hat sowieso alles, alle sind übersatt, dann siehst du die After Shaves, Pralinenschachteln und Geschenkebücher, Zeug, das niemand je für sich selbst kaufen würde, allmählich versteht man, wie Kapitalismus funktioniert, sagt Melanie zu Stefan und Juliane und nimmt ein Schlückchen Heidelbeerglühwein. Deswegen hat sich Nora was anderes ausgedacht, für Familie und Freunde, aber sag mal, überlegt Stefan, vielleicht war die Idee auch eine kleine Revanche. Naja, wegen Wiltrud. Immer perfekt, die super duper Gastgeberin. Kocht meisterhaft, besitzt zehn Meter Kochbücher und macht sowieso immer alles richtig, hat den richtigen Mann, die richtigen Töchter, den optimalen Babysitter, das perfekte Haus, den idealen Job…

Also, beginnt Stefan, und Melanie macht gleich weiter: Vergangenes Jahr hat Nora die Idee ausgebrütet, ihren Freunden eine Weihnachtsparty zu geben – anstelle von Geschenken, die man nach Hause tragen, eine Weile aufstellen muss und dann verräumt. Ganz zu schweigen von dem Altpapierstapel, der durch das Geschenkpapier kanzerös anschwillt. Zu einer Party, findet Nora, gehört ein anständiges Essen, und die Fete steigt am 22.12., da darf es auf keinen Fall die Gans sein, auch nicht der Karpfen, und weil einige Alternative dabei sind, sollten auch keine belegten Brote gereicht werden, denn das ist für die an Heiligabend der ultimative Kick. Also wälzt Nora Kochbuch um Kochbuch und bleibt bei einem reizenden Gericht hängen: Hot Chilie Peppers. Paprikaschoten gefüllt mit Hackfleisch, Soja gibt's für die Vegis, viel Tabasco, Sambal Oelek, Pfeffer, Tomatensauce und ein bisschen Mais. Perfekt. 12 Leute kommen: Melanie und Stefan, Sabine und Hajo und Freund und Feind, und besagte Wiltrud, selbsterklärte aller-

beste Freundin, denn die lädt Nora auch immer ein, zu Geburtstagen, Namenstagen, Brunch, Canapés, und Nora kommt immer noch nicht los von der guten Erziehung.

Am 22.12. läuft die Küche heiß, es schäumt und schmaucht. Von Sojasauce und Tabasco glüht der Topf, ein scharfer Wind zieht durchs Treppenhaus, die Paprikaschoten dampfen und schicken kleine Wolken aus, in ihnen brutzelt jetzt das Gehackte und das Soja, und Nora steht vor dem Herd und blinzelt und freut sich.

Kommen die Gäste. Stefan bringt Wein mit, das ist ein gutes Geschenk, kann gleich aufgebraucht werden. Melanie ist so clever, gar nichts anzuschleppen, und so trudeln sie alle ein, auch Wiltrud mit ihrem wunderbaren Mann, ohne Kinder, der Babysitter ist ja so nett und immer bereit, auch zwei Tage vor Weihnachten auf die Töchter aufzupassen, und nebenbei stellt er noch die Häkelmütze für die Oma fertig, ist das nicht klasse, so eine intakte soziale Sicherung. Sie und ihr Angetrauter überreichen Nora ein Geschenk, gewickelt in japanisches Reispapier, kunstvoll mit lila Schleife umwunden. Nora steht in der Küche, direkt vor dem Herd, sie schwitzt von den scharfen Gewürzen und der Hitze aus dem Ofen und öffnet das Päckchen. Ein Buch kommt zum Vorschein. Die feine Küche zu zweit. Nora kriegt zu viel. Rote und orangefarbene Funken tollen um ihren Kopf. Ein paar Mal atmet sie tief ein und aus. Danach erst schaltet sie wieder den Verstand ein und überlegt.

Die feine Küche zu zweit ist der passende Anlass, nicht mehr höflich zu sein, die perfekte intakte Wiltrud rauszuschmeißen, nie mehr einzuladen, nie mehr zu besuchen und ihr schmackhaftes Knuspergebäck zum Fenster rausflattern zu lassen. Sie weiß genau, dass Nora Single aus Überzeugung ist, dass sie die Schnauze voll hat von Männern, und dass sie nicht, wie Wiltrud unterstellt, immer noch auf der vermaledeiten Suche nach dem einen ist.

Nora liebt etwas anderes, das feine Pülverchen, das in Amsterdamer Coffeeshops legal zu erwerben ist, und davon hat sie noch was da, in der Speisekammer, neben der Dose mit Backpulver und Vanillezucker. Sie reißt den Herd auf, zieht das Backblech raus, schnappt sich die Tabascoflasche und leert sie über einer einzigen Schote, die ist für Wiltrud, rot und beißend scharf verbreitet sich sofort der Geruch in der ganzen Küche. Dann noch das Sambal Oelek drauf. Wie gut, dass sie ein großes Glas gekauft hat. Jetzt der eigentliche Schatz. Schade, dass ausgerechnet Wiltrud in den Genuss kommt. Umrühren erübrigt sich, Fleisch- und Sojamasse blubbern bei 200 Grad im Herd, die Schärfe verteilt sich allüberall.

Nora kredenzt Stefans Wein. Alle stehen im Wohn-

zimmer rum und zieren sich, bis Wiltrud die versammelte Mannschaft zum Esstisch dirigiert: Setzt euch doch, sonst kommt die arme Nora doch zu nichts. Nora bringt die Peppers rein.

Sehen die aber herrlich aus, sagt Sabine begeistert. Sie mag es scharf.

Tolle Farbe, sagt Stefan. Richtig schön rot.

Melanie ist empfindlicher, schnuppert wie ein Kaninchen und meint, Mensch, das riecht aber ganz schon kräftig, Nora.

Wird ja ein scharfer Abend, bemerkt Hajo.

Ist auch alles gut durchgezogen?, fragt Wiltrud und strahlt Nora an, wobei ihre Augen kleine Wirbel erzeugen wie die der Schlange Ka aus dem Dschungelbuchfilm.

Nora setzt das Blech auf dem großen Holztisch ab und verteilt die Peppers. Unauffällig gibt sie erst zwei anderen, dann schiebt sie geschickt Wiltrud die Extrachili auf den Teller.

Alle hauen rein, jeder hat Appetit, es ist kalt draußen, es ist bald Weihnachten, auf dem Tisch glimmen die Adventskerzen, Strohengelchen baumeln von der Decke, Sterne funkeln, hm, lecker, sagt Stefan, und Nora sagt, danke, freut mich, wenn's euch schmeckt.

Zunächst lässt sich Wiltrud nichts anmerken. Sie wird nur rot im Gesicht, so rot wie die Peppers. Dann schnappt sie plötzlich nach Luft, hechelt und prustet, trinkt ein Glas Wein auf einmal aus, und als sie keuchend in die Arme ihres wunderbaren Gatten sinkt, kommt eine kleine Stichflamme aus ihrem Mund. Melanie guckt ganz entsetzt und sagt: Trink doch mal einen Schluck Wasser, aber Wasser ist keines am Tisch, es muss erst geholt werden, und währenddessen liegt Wiltrud schon auf dem Teppich und japst. Ihre Augen werden glasig, sie beginnt zu kichern und zu lachen wie eine Gummisau.

Probier's mal mit Brot, sagt Stefan, als das Wasser nichts bringt und Wiltrud immer noch nach Atem ringt. Stefan weiß ja nichts von der Reise nach Amsterdam vor einigen Wochen. Nora wird noch heißer. Wenn Wiltrud jetzt das Zeitliche segnet, dann gibt's Ärger, dann kommt raus, dass zu viel Tabasco und andere Pikantheiten in Wiltruds Schote waren, die kriminalistischen Labors finden so was bestimmt in Nullkommanix raus, und dann ist Nora dran und verbringt Weihnachten im Knast. Deswegen springt sie auf und jagt in die Küche, um Brot zu holen.

Als Nora zurück ins Zimmer kommt, tanzt Wiltrud Merengue mit Sabine, die nicht weiß, was sie davon halten soll, aber mit Wiltrud um die Wette geckert. Hier ist das Brot, sagt Nora, doch in Wiltruds jetzigem Zustand scheint es aussichtslos, ihr irgendwas einverleiben zu wollen. Ihr Göttergatte steht dumm da und guckt und schwitzt und wischt sich ein ums andere Mal über die Stirn.

Wiltrud singt Hey Big Spender und knöpft sich das Twinset auf. Stefan bricht lachend über seinen Peppers zusammen und sagt: Ist ja wahrhaftig ein scharfer Abend, echt, Nora. Er tunkt seine Gabel in Wiltruds Paprika. Lass das, schnauzt Melanie ihn an, und Nora hat den Eindruck, Melanie zählt zwei und zwei richtig zusammen. Stefan probiert die Gabelvoll mit der Zungenspitze. Mensch, davon fräst man sich ja die Speiseröhre auf!

Wiltrud ist ein guter Mensch, und sie würde niemals Nora verdächtigen, mit Absicht Chemikalien oder auch nur eine Flasche Tabasco genau in ihre Schote geschüttet zu haben. Ihre Lippen färben sich glutrot, Hautfetzen rollen sich ab. Ihr Gesicht macht einem Tintenfisch Konkurrenz. Sie sabbert und beginnt zu heulen, stützt sich auf den Esstisch und reißt beinahe Hajos Pepperportion in die Tiefe. In ihrem momentanen Zustand schafft sie es nicht mal aus eigener Kraft zur Tür. Singend und lachend und heulend schmeißt sie ihre Beine charlestonlike in die Höhe und lässt sich von ihrem Angetrauten aus der Wohnung ins Auto schaffen, die teuren blonden Strähnchen vom letzten Friseurbesuch stehen von ihrem Kopf ab wie Stacheln. Stefan muss helfen, Wiltrud in den Wagen zu bringen, sie anzuschnallen, und dann aktivieren die Männer die Kindersicherung, denn Wiltrud fehlt augenblicklich der Zugang zur Wirklichkeit.

Nora schließt aufatmend die Tür, als Stefan wieder im Raum ist. Im Wohnzimmer ist es still. Das war Absicht, sagt Stefan dann, grinst breit, und plötzlich brüllen sie alle los, lachen sich den Wolf, die Jungs und Mädels, Nora zuckt nur die Schultern, wirft Wiltruds Portion in den Müll und öffnet eine neue Flasche Wein.

Gelächter am Glühweinstand. Wiltrud war bis zum ersten Feiertag total neben der Mütze, freut sich Stefan, die haben echt ein verschärftes Weihnachtsfest gehabt. Juliane beschützt ihren Eierpunsch und sagt, Mensch, in eurer Gesellschaft muss man ja aufpassen, dass nicht irgendwas Unerwünschtes im Glas landet. Quatsch, grinst Stefan, und plötzlich gucken die drei zu mir rüber, Melanie, Stefan, Juliane. Rasch schmeiße ich meinen leeren Pappbecher in den Mülleimer, versenke die Fäuste in den Anoraktaschen und spaziere nachdenklich nach Hause. Unterwegs komme ich an einem Supermarkt vorbei. Ich gehe rein. Nur um mal zu gucken, ob sie Paprikaschoten haben, und Tabasco habe ich auch keinen mehr im Haus. Dafür aber ein Andenken aus Holland.

Katinka legte das Notizbuch weg. »Du lieber Himmel!«

»Es ist eine wahre Geschichte«, sagte Dante. »So habe ich Nora kennengelernt. Über ein Gespräch am Glühweinstand.«

»Nun übertreiben Sie mal nicht.«

»Haben Ihnen die Paprika geschmeckt?«

»Schon. Sie wollten nichts?«

»Die Lebkuchensterne sind mir auf den Magen geschlagen. Rein mental natürlich.«

Heidelore tanzte Blues zu Teddys Saxofonklängen.

»Sie ist … glücklich«, stellte Katinka fest.

»Wundert Sie das?«

»Nicht wirklich.« Katinka ging an den Tresen, wo sie Sladko um einen Kaffee bat.

23:15

Heidelore trat zu Nora und Caren auf den Hinterhof hinaus.

»Kann ich auch eine?«, fragte sie begierig.

Caren wechselte einen Blick mit Nora, dann fischte sie eine Schachtel aus ihrem Mantel. »Das sind Selbstgedrehte.«

»Ich habe früher auch viel geraucht«, nickte Heidelore. »Bevor ich Arndt kennenlernte. Dann habe ich aufgehört.« Sie dachte an seine verächtlich nach unten gezogenen Mundwinkel, hörte ihn sagen: »Werd' endlich erwachsen, Heidelore! Ich habe eine Frau geheiratet, keinen versponnenen Backfisch!« Zaghaft warf sie einen Blick auf Arndts Leiche, die im Augenblick aussah wie ein verschneites Hügelgrab. Ein Grab, wenn man so wollte, befand sich ja dort.

Sie lächelte still in sich hinein, während sie rauchte. Das angenehm zarte Gefühl von Watte in ihrem Kopf und der Eindruck, sie höre zärtliche Musik, störte sie überhaupt nicht. Bevor sie sich auf den Weg gemacht hatte, hatte sie alles aufgeräumt und vernichtet. Alle würden das Kaliumcyanid für Arndts Spinnerei halten. Für den Spleen eines Mannes, der die illegale Hundezucht seiner Nachbarin nicht akzeptieren wollte und seit Wochen auf der Suche nach dem Zwinger war. Sie wusste nun, wo er sich befand, aber Heidelore mochte Hunde. Das war nicht der Punkt.

Nora und Caren gingen zurück in die Gaststube. Heidelore fand, dass es Zeit war, Abschied von ihrem Ehemann zu nehmen. Sie musste ihre Söhne anrufen, aber dafür war noch Zeit. Sie klappte die Plane beiseite, suchte die Tüte mit den Lebkuchensternen, fand sie in der Manteltasche, aß sie alle auf und die Tüte gleich mit.

Du hast mich für zu dumm gehalten, dachte sie

mit einem letzten Blick auf ihren Gatten. Aber ich habe durchaus das eine oder andere mitbekommen. Ich habe verstanden, worauf du aus warst, als du deine Kontrollgänge unternahmst. Und einfach die Tüten vertauscht. Mandelsirup verströmt fast den gleichen Geruch wie Kaliumcyanid. Und so habe ich deine präparierten Sterne ausgewechselt gegen meine präparierten Sterne. Und umgekehrt. Dein Blutzuckerspiegel ist ja bei jeder Aufregung in den Keller gerutscht.

Mit einem verstohlenen Lächeln schob sie eine zweite Papiertüte mit Lebkuchensternen in Arndts Manteltasche. Sie bedeckte seinen Körper und hob ihr Gesicht in den Nachthimmel. Der Schnee deckte alles zu.

NORA MOLITORS WEIHNACHTSMENÜ

Aperitif	Orange Blossom
Zum Aufwärmen	Muschelsuppe
Für die Substanz	Bayerischer Ochsenmaul-salat
Hauptgang	Lammcurry orientalisch
Süßes	Lebkuchensterne auf Vanille-Mascarpone mit Rumtopf

Als Aperitif:
Orange Blossom
2 cl trockenen Gin, 1 cl Orangensaft und einen Teelöffel sehr feinen Zucker in einen Cocktailshaker geben und zusammen mit einer Portion Eis mixen. In ein eisgekühltes Martiniglas füllen und mit einer schönen, runden Apfelsinenscheibe garnieren.

Zum Aufwärmen:
Muschelsuppe

Für 4 Personen:
Ein gutes Kilo Mies-, Herz- und Venusmuscheln
sowie acht Jakobsmuscheln

3 kleine Zwiebeln
1-2 Knoblauchzehen
200 ml Weißwein
200 ml Tomatensoße
2-3 EL Olivenöl
Salz, Pfeffer, Chili
1 Bd. frische Petersilie
Nach Bedarf Wasser oder Gemüsebrühe

Die Muscheln nach Sorte getrennt ca. 1 Stunde lang in Salzwasser legen und dann gut abspülen und ggf. säubern. Die Jakobsmuscheln öffnen und abspülen. Den Rogensack aussortieren.

Die anderen Muscheln in einem Topf mit kochendem Wasser aufgehen lassen. Den Kochsud filtern und beiseite stellen.

Zwiebeln, Knoblauch und Petersilie hacken, anschließend in heißem Öl ca. 3 Minuten bei großer Hitze Wasser ziehen lassen; davor ca. ein Viertel der Petersilie für später weglegen. Den Weißwein hinzufügen und ca. 1 Minute köcheln lassen. Deckel immer schließen. Dann den Muschelsud und die Tomatensoße hinzugeben und 5 Min einkochen lassen. Eventuell etwas Wasser oder Gemüsebrühe zugeben. Salzen, pfeffern und 1 Messerspitze Chili zugeben. Jetzt die Muscheln hinzugeben und langsam durchrühren. Es dauert ungefähr

5 Minuten, bis die Jakobsmuscheln auch gar sein. Die Suppe sollte aber nicht mehr kochen.

Mit frischer Petersilie garniert servieren! Dazu passt knuspriges Baguette.

Zubereitungszeit: ca. 45 Min

Für die Substanz:
Bayerischer Ochsenmaulsalat

Für 4 Personen:

½ kg Ochsenmaul, vorgekocht
1 Schweinerüssel
2 Schweinsfüße
2-3 Zwiebeln
1 Lorbeerblatt
Essig, schwarze Pfefferkörner, Olivenöl, Salz, frisch gemahlener weißer Pfeffer, etwas Sojasoße

Das Ochsenmaul u.U. nachkochen, damit es ganz weich wird. Die gewaschenen Schweinezutaten zusammen mit dem Lorbeerblatt, den Pfefferkörnern und einer Zwiebel in gesalzenem Wasser kochen (ca. 20 Min). Anschließend das Fleisch von Knochen und Knorpeln lösen und in feine Streifen schneiden. Mit dem Ochsenmaul und 1-2 fein gehackten Zwiebeln mischen, schließlich mit Essig, Olivenöl, Salz, frischem Pfeffer und einem Schuss Sojasoße abschmecken. Kühl stellen und (möglichst über Nacht) ziehen lassen. Dazu schmecken Bratkartoffeln oder frisches Bauernbrot.

Zubereitungszeit: ca. 1 Stunde.

Hauptgang:
Lammcurry orientalisch

Für 4 Personen:
1 kg Lammschulter
2 Bananen
2 Schalotten
1 Knoblauchzehe
2 EL Currypulver
2 EL feines Weizenmehl
2 EL Olivenöl
¼ l Kokosmilch
1/8 l süße Sahne
Frisch gemahlener schwarzer Peffer
Evtl. eine Messerspitze Chili
Evtl. einige Stückchen Ananas

Das Lammfleisch würfeln, mit den gehackten Schalotten in einer Jenaer Glasform anbraten, mit Curry, Pfeffer und Chili würzen. Die Kokosmilch dazugeben, Deckel schließen und bei ca. 200 Grad im Ofen schmoren (ca. 1 Stunde). Mehl und Sahne glattrühren und zum Fleisch geben, wenn dieses ganz weich ist. Nach 10 Minuten abschmecken und mit Bananenscheiben und Ananas garnieren.

Dazu passt Basmatireis oder locker gekochtes Couscous.

Zubereitungszeit: ca. 1 ½ Stunden.

Süßes

Lebkuchensterne auf Vanille-Mascarpone mit Rumtopf

75 g Honig
20 g Butter
125 g Zucker
1 TL Hirschhornsalz
½ TL Pottasche
1 Ei
170 g Weizenmehl
30 g gemahlene Mandeln
2 TL Kakaopulver
2 TL Lebkuchengewürz
3 EL gehobelte Mandeln
1-2 Vanilleschoten
250 g Mascarpone
2 Blatt weiße Gelatine

200 ml Sahne
Schokostreusel

Die Lebkuchensterne:

Honig, Butter und 75 g Zucker in einem Tiegel erwärmen, dabei ständig rühren, bis sich der Zucker löst. Vom Herd nehmen und auskühlen lassen. Hirschhornsalz und Pottasche in einer Tasse mit 3 EL Wasser verrühren. Das Ei unter die Zuckermasse rühren. Mehl, gemahlene Mandeln, Kakaopulver, Lebkuchengewürz, Pottasche und Hirschhornsalz unterheben und alles zu einem glatten Teig verrühren. Ofen auf 175 Grad (Umluft: 155 Grad) vorheizen. Eine Sternform buttern, mit den gehobelten Mandeln ausstreuen. Den Teig einfüllen, glatt streichen und ca. 25 Minuten backen.

Der Vanille-Mascarpone:

Die Vanilleschoten der Länge nach aufschlitzen und Mark und Samen mit einem Löffel herauskratzen. Den Mascarpone mit dem restlichen Zucker und dem Vanillemark verrühren. Gelatine einweichen, auflösen, in die Creme rühren. Abkühlen lassen. Wenn die Creme zu gelieren beginnt, Sahne steif schlagen und unterheben. Creme auf dem Stern verteilen. Das Ganze mit Schokostreuseln garnieren.

Zubereitungszeit: ca. 1 Stunde.

Der Rumtopf:

1 l Rum
250 g Zucker
Erdbeeren, Äpfel, Zwetschgen, Kirschen, Birnen, Aprikosen nach Saison und Geschmack

Zur Erdbeersaison die Erdbeeren waschen, gegebenenfalls große Erdbeeren klein schneiden und mit dem Rum und dem Zucker in einen Steinguttopf mit Deckel geben; der Topf sollte gut 5 l fassen. Den Topf anschließend kühl und dunkel lagern.

Dann im Verlauf der Monate weitere Früchte der Saison inklusive Zucker und Rum hinzugeben.

Der Rumtopf kann zum 1. Advent angebrochen werden. Er hält sich ca. 9 Monate.

Den Rumtopf erhitzen und eine kleine Portion über die Lebkuchensterne geben.

Wer im Sommer keinen Rumtopf angesetzt hat, kann gekauften Rumtopf nehmen oder tiefgekühlte Beeren heiß machen und zu den Lebkuchensternen servieren.

Weitere Krimis finden Sie auf den folgenden Seiten und im Internet: www.gmeiner-verlag.de

Alle Gmeiner-Autoren und ihre Romane auf einen Blick

ANTHOLOGIEN: Tod am Tegernsee • Drei Tagesritte vom Bodensee • Nichts ist so fein gesponnen • Zürich: Ausfahrt Mord • Mörderischer Erfindergeist • Secret Service 2011 • Tod am Starnberger See • Mords-Sachsen 4 • Sterbenslust • Tödliche Wasser • Gefährliche Nachbarn • Mords-Sachsen 3 • Tatort Ammersee • Campusmord • Mords-Sachsen 2 • Tod am Bodensee • Mords-Sachsen 1 • Grenzfälle • Spekulatius **ABE, REBECCA**: Im Labyrinth der Fugger **ARTMEIER, HILDEGUNDE**: Feuerross • Drachenfrau **BAUER, HERMANN**: Philosophenpunsch • Verschwörungsmelange • Karambolage • Fernwehträume **BAUM, BEATE**: Weltverloren • Ruchlos • Häuserkampf **BAUMANN, MANFRED**: Wasserspiele • Jedermanntod **BECK, SINJE**: Totenklang • Duftspur • Einzelkämpfer **BECKER, OLIVER**: Das Geheimnis der Krähentochter **BECKMANN, HERBERT**: Die Nacht von Berlin • Mark Twain unter den Linden • Die indiskreten Briefe des Giacomo Casanova **BEINSSEN, JAN**: Todesfrauen • Goldfrauen • Feuerfrauen **BLANKENBURG, ELKE MASCHA** Tastenfieber und Liebeslust **BLATTER, ULRIKE**: Vogelfrau **BODE-HOFFMANN, GRIT/HOFFMANN, MATTHIAS**: Infantizid **BODENMANN, MONA**: Mondmilchgubel **BÖCKER, BÄRBEL**: Mit 50 hat man noch Träume • Henkersmahl **BOENKE, MICHAEL**: Riedripp • Gott'sacker **BOMM, MANFRED**: Blutsauger • Kurzschluss • Glasklar • Notbremse • Schattennetz • Beweislast • Schusslinie • Mordloch • Trugschluss • Irrflug • Himmelsfelsen **BONN, SUSANNE**: Die Schule der Spielleute • Der Jahrmarkt zu Jakobi **BOSETZKY, HORST (-KY)**: Promijagd • Unterm Kirschbaum **BRÖMME, BETTINA**: Weißwurst für Elfen **BUEHRIG, DIETER**: Der Klang der Erde • Schattengold **BÜRKL, ANNI**: Ausgetanzt • Schwarztee **BUTTLER, MONIKA**: Dunkelzeit • Abendfrieden • Herzraub **CLAUSEN, ANKE**: Dinnerparty • Ostseegrab **CRÖNERT, CLAUDIUS**: Das Kreuz der Hugenotten **DANZ, ELLA**: Ballaststoff • Schatz, schmeckt's dir nicht? • Rosenwahn • Kochwut • Nebelschleier • Steilufer • Osterfeuer **DETERING, MONIKA**: Puppenmann • Herzfrauen **DIECHLER, GABRIELE**: Glutnester • Glaub mir, es muss Liebe sein • Engpass **DÜNSCHEDE, SANDRA**: Todeswatt • Friesenrache • Solomord • Nordmord • Deichgrab **EMME, PIERRE**: Zwanzig/11 • Diamantenschmaus • Pizza Letale • Pasta Mortale • Schneenockerleklat • Florentinerpakt • Ballsaison • Tortenkomplott • Killerspiele • Würstelmassaker • Heurigenpassion • Schnitzelfarce • Pastetenlust **ENDERLE, MANFRED**: Nachtwanderer **ERFMEYER, KLAUS**: Irrliebe • Endstadium • Tribunal • Geldmarie • Todeserklärung • Karrieresprung **ERWIN, BIRGIT / BUCHHORN, ULRICH**: Die Reliquie von Buchhorn • Die Gauklerin von Buchhorn • Die Herren von Buchhorn **FINK, SABINE**: Kainszeichen **FOHL, DAGMAR**: Der Duft von Bittermandel • Die Insel der Witwen • Das Mädchen und sein Henker **FRANZINGER, BERND**: Familiengrab • Zehnkampf • Leidenstour • Kindspech • Jammerhalde • Bombenstimmung • Wolfsfalle • Dinotod • Ohnmacht • Goldrausch • Pilzsaison **GARDEIN, UWE**: Das Mysterium des Himmels • Die Stunde des Königs

GMEINER

Wir machen's spannend

Alle Gmeiner-Autoren und ihre Romane auf einen Blick

GARDENER, EVA B.: Lebenshunger **GEISLER, KURT**: Friesenschnee • Bädersterben **GERWIEN, MICHAEL**: Alpengrollen **GIBERT, MATTHIAS P.**: Zeitbombe • Rechtsdruck • Schmuddelkinder • Bullenhitze • Eiszeit • Zirkusluft • Kammerflimmern • Nervenflattern **GORA, AXEL**: Das Duell der Astronomen **GRAF, EDI**: Bombenspiel • Leopardenjagd • Elefantengold • Löwenriss • Nashornfieber **GUDE, CHRISTIAN**: Kontrollverlust • Homunculus • Binärcode • Mosquito **HAENNI, STEFAN**: Scherbenhaufen • Brahmsrösi • Narrentod **HAUG, GUNTER**: Gössenjagd • Hüttenzauber • Tauberschwarz • Höllenfahrt • Sturmwarnung • Riffhaie • Tiefenrausch **HEIM, UTA-MARIA**: Feierabend • Totenkuss • Wespennest • Das Rattenprinzip • Totschweigen • Dreckskind **HENSCHEL, REGINE C.**: Fünf sind keiner zu viel **HERELD, PETER**: Das Geheimnis des Goldmachers **HOHLFELD, KERSTIN**: Glückskekssommer **HUNOLD-REIME, SIGRID**: Janssenhaus • Schattenmorellen • Frühstückspension **IMBSWEILER, MARCUS**: Die Erstürmung des Himmels • Butenschön • Altstadtfest • Schlussakt • Bergfriedhof **JOSWIG, VOLKMAR / MELLE, HENNING VON**: Stahlhart **KARNANI, FRITJOF**: Notlandung • Turnaround • Takeover **KAST-RIEDLINGER, ANNETTE**: Liebling, ich kann auch anders **KEISER, GABRIELE**: Engelskraut • Gartenschläfer • Apollofalter **KEISER, GABRIELE / POLIFKA, WOLFGANG**: Puppenjäger **KELLER, STEFAN**: Totenkarneval • Kölner Kreuzigung **KINSKOFER, LOTTE / BAHR, ANKE**: Hermann für Frau Mann **KLAUSNER, UWE**: Kennedy-Syndrom • Bernstein-Connection • Die Bräute des Satans • Odessa-Komplott • Pilger des Zorns • Walhalla-Code • Die Kiliansverschwörung • Die Pforten der Hölle **KLEWE, SABINE**: Die schwarzseidene Dame • Blutsonne • Wintermärchen • Kinderspiel • Schattenriss **KLÖSEL, MATTHIAS**: Tourneekoller **KLUGMANN, NORBERT**: Die Adler von Lübeck • Die Nacht des Narren • Die Tochter des Salzhändlers • Kabinettstück • Schlüsselgewalt • Rebenblut **KÖHLER, MANFRED**: Tiefpunkt • Schreckensgletscher **KÖSTERING, BERND**: Goetheglut • Goetheruh **KOHL, ERWIN**: Flatline • Grabtanz • Zugzwang **KOPPITZ, RAINER C.**: Machtrausch **KRAMER, VERONIKA**: Todesgeheimnis • Rachesommer **KRONENBERG, SUSANNE**: Kunstgriff • Rheingrund • Weinrache • Kultopfer • Flammenpferd **KRUG, MICHAEL**: Bahnhofsmission **KRUSE, MARGIT**: Eisaugen **KURELLA, FRANK**: Der Kodex des Bösen • Das Pergament des Todes **LASCAUX, PAUL**: Mordswein • Gnadenbrot • Feuerwasser • Wursthimmel • Salztränen **LEBEK, HANS**: Karteileichen • Todesschläger **LEHMKUHL, KURT**: Dreiländermord • Nürburghölle • Raffgier **LEIMBACH, ALIDA**: Wintergruft **LEIX, BERND**: Fächergrün • Fächertraum • Waldstadt • Hackschnitzel • Zuckerblut • Bucheckern **LETSCHE, JULIAN**: Auf der Walz **LICHT, EMILIA**: Hotel Blaues Wunder **LIEBSCH, SONJA / MESTROVIC, NIVES**: Muttertier @n Rabenmutter **LIFKA, RICHARD**: Sonnenkönig **LOIBELSBERGER, GERHARD**: Mord und Brand • Reigen des Todes • Die Naschmarkt-Morde **MADER, RAIMUND A.**: Schindlerjüdin • Glasberg

Alle Gmeiner-Autoren und ihre Romane auf einen Blick

MAINKA, MARTINA: Satanszeichen **MISKO, MONA**: Winzertochter • Kindsblut **MORF, ISABEL**: Satzfetzen • Schrottreif **MOTHWURF, ONO**: Werbevoodoo • Taubendreck **MUCHA, MARTIN**: Seelenschacher • Papierkrieg **NAUMANN, STEPHAN**: Das Werk der Bücher **NEEB, URSULA**: Madame empfängt **ÖHRI, ARMIN / TSCHIRKY, VANESSA**: Sinfonie des Todes **OSWALD, SUSANNE**: Liebe wie gemalt **OTT, PAUL**: Bodensee-Blues **PARADEISER, PETER**: Himmelreich und Höllental **PARK, KAROLIN**: Stilettoholic **PELTE, REINHARD**: Inselbeichte • Kielwasser • Inselkoller **PFLUG, HARALD**: Tschoklet **PITTLER, ANDREAS**: Mischpoche **PORATH, SILKE / BRAUN, ANDREAS**: Klostergeist **PORATH, SILKE**: Nicht ohne meinen Mops **PUHLFÜRST, CLAUDIA**: Dunkelhaft • Eiseskälte • Leichenstarre **PUNDT, HARDY**: Friesenwut • Deichbruch **PUSCHMANN, DOROTHEA**: Zwickmühle **ROSSBACHER, CLAUDIA**: Steirerblut **RUSCH, HANS-JÜRGEN**: Neptunopfer • Gegenwende **SCHAEWEN, OLIVER VON**: Räuberblut • Schillerhöhe **SCHMID, CLAUDIA**: Die brennenden Lettern **SCHMITZ, INGRID**: Mordsdeal • Sündenfälle **SCHMÖE, FRIEDERIKE**: Lasst uns froh und grausig sein • Wasdunkelbleibt • Wernievergibt • Wieweitdugehst • Bisduvergisst • Fliehganzleis • Schweigfeinstill • Spinnefeind • Pfeilgift • Januskopf • Schockstarre • Käfersterben • Fratzenmond • Kirchweihmord • Maskenspiel **SCHNEIDER, BERNWARD**: Flammenteufel • Spittelmarkt **SCHNEIDER, HARALD**: Räuberbier • Wassergeld • Erfindergeist • Schwarzkittel • Ernteopfer **SCHNYDER, MARIJKE**: Matrjoschka-Jagd **SCHÖTTLE, RUPERT**: Damenschneider **SCHRÖDER, ANGELIKA**: Mordsgier • Mordswut • Mordsliebe **SCHÜTZ, ERICH**: Doktormacher-Mafia • Bombenbrut • Judengold **SCHUKER, KLAUS**: Brudernacht **SCHULZE, GINA**: Sintflut **SCHWAB, ELKE**: Angstfalle • Großeinsatz **SCHWARZ, MAREN**: Zwiespalt • Maienfrost • Dämonenspiel • Grabeskälte **SENF, JOCHEN**: Kindswut • Knochenspiel • Nichtwisser **SPATZ, WILLIBALD**: Alpenkasper • Alpenlust • Alpendöner **STAMMKÖTTER, ANDREAS**: Messewalzer **STEINHAUER, FRANZISKA**: Sturm über Branitz • Spielwiese • Gurkensaat • Wortlos • Menschenfänger • Narrenspiel • Seelenqual • Racheakt **STRENG, WILDIS**: Ohrenzeugen **SYLVESTER, CHRISTINE**: Sachsen-Sushi **SZRAMA, BETTINA**: Die Hure und der Meisterdieb • Die Konkubine des Mörders • Die Giftmischerin **THIEL, SEBASTIAN**: Die Hexe vom Niederrhein **THADEWALDT, ASTRID / BAUER, CARSTEN**: Blutblume • Kreuzkönig **THÖMMES, GÜNTHER**: Malz und Totschlag • Der Fluch des Bierzauberers • Das Erbe des Bierzauberers • Der Bierzauberer **TRAMITZ, CHRISTIANE**: Himmelsspitz **ULLRICH, SONJA**: Fummelbunker • Teppichporsche **VALDORF, LEO**: Großstadtsumpf **VERTACNIK, HANS-PETER**: Ultimo • Abfangjäger **WARK, PETER**: Epizentrum • Ballonglühen • Albtraum **WERNLI, TAMARA**: Blind Date mit Folgen **WICKENHÄUSER, RUBEN PHILLIP**: Die Magie des Falken • Die Seele des Wolfes **WILKENLOH, WIMMER**: Eidernebel • Poppenspäl • Feuermal • Hätschelkind **WÖLM, DIETER**: Mainfall **WYSS, VERENA**: Blutrunen • Todesformel **ZANDER, WOLFGANG**: Hundeleben